호감 받고 성공 더!

호감 받고 성공 더! 6

인기영 장편소설

초판 1쇄 찍은 날 § 2017년 8월 8일
초판 1쇄 펴낸 날 § 2017년 8월 16일

지은이 § 인기영
펴낸이 § 서경석

총괄팀장 § 최하나
편집책임 § 김경민
편집 § 이종식

펴낸곳 § 도서출판 청어람
등록번호 § 제387-1999-000006호
등록일자 § 1999. 5. 31
어람번호 § 제1-2742호

주소 § 경기도 부천시 부일로 483번길 40 서경B/D 3F (우) 14640
전화 § 032-656-4452 팩스 § 032-656-4453
http://www.chungeoram.com
E-mail § chungeorambook@daum.net

ISBN 979-11-04-91413-3 04810
ISBN 979-11-04-91303-7 (세트)

FUSION FANTASTIC STORY
인기영 장편소설
호감받고 성공더!
6
86/1
도서출판 청어람

호감 받고 성공 더!

Contents

Liking 58
시상식장에서

6월 8일, 목요일.

새벽부터 눈을 뜬 김두찬이 거실로 나갔다.

거실에서는 부모님이 식사를 하는 중이었다.

별 대화 없이 밥을 먹던 두 사람이 김두찬을 보고 인사했다.

"장남, 일어났어?"

"두찬아, 밥 먹을래?"

김두찬이 두 사람의 머리 위를 살폈다.

호감도가 보이지 않았다.

그것은 묘한 상실감을 불러왔다.

하지만 김두찬은 마음을 다잡았다.

로나는 완전히 떠나 버린 게 아니다. 김두찬을 위해 휴면기를 가진 것이다.

그녀를 돌아오게 하려면 호감도가 없는 일상에 빨리 익숙해져야 한다.

"왜 그렇게 멍해, 아들?"

심현미가 고개를 갸웃하며 물었다.

"아니에요. 저 밥은 나중에 먹을게요."

"응~ 그럼 그렇게 해."

부모님은 다시 식사에 집중했다.

눈을 뜬 김에 샤워를 하고 나오니 이미 두 분은 식당으로 떠난 뒤였다.

방으로 돌아온 김두찬은 버릇처럼 컴퓨터를 켰다.

그리고 영웅의 노래를 연 뒤, 손을 깍지 껴 꺾었다.

두두둑! 두둑!

"로나. 네가 없어도 잘 해나가는 모습, 보여줄게."

타타타탁! 타타탁!

김두찬이 영웅의 노래를 빠르게 집필해 나갔다.

*　　　*　　　*

김두찬은 아침 8시 반까지 네 편가량을 집필하고 나서야 집을 나섰다.

그리고 학교로 향하는 밴 안에서도 노트북으로 글을 써나갔다.

한참 집필에 몰두하던 김두찬이 힐끔 장대찬을 바라봤다.

운전에만 집중하고 있는 장대찬의 머리 위에도 호감도가 보이지 않았다.

창밖으로 스쳐 지나가는 사람들의 머리 위에도 호감도는 없었다.

'이거 영 익숙해지지 않네. 로나, 근데 궁금한 거 하나… 아.'

저도 모르게 로나를 부르던 김두찬이 고개를 휘휘 저었다.

사람 든 자리는 몰라도 난 자리는 안다는 말이 있다.

지금 김두찬의 심정이 딱 그랬다.

그가 조금은 공허한 시선을 다시 노트북 모니터에 두었다.

* * *

정상 단편 문학상의 심사 위원은 문정욱을 포함 총 일곱이었다.

그중 넷은 소설가였고, 셋은 비평가였다.

하나같이 문단에서는 이름만 대면 모르는 이가 없을 정도로 영향력이 대단한 사람들이었다.

그들은 원고 접수 마감일로부터 일주일이 지난 14일 날까지 여러 작품들을 추리고 추려 총 10개의 작품들을 걸러냈다.

그리고 한자리에 모여 어떤 작품에 어떤 상을 주는 게 맞는지 토론을 벌였다.

보통은 이런 경우 가장 정하기 쉬운 것이 장려상이었다.

그리고 우수상, 최우수상, 대상순으로 상의 무게가 무거워질수록 심사 위원들의 고심도 커진다.

한데 이번에는 좀 달랐다.

심사 위원들은 만장일치로 하나의 작품을 대상감이라 찍었다.

누구도 다른 작품을 말하는 이가 없었다.

대상은 아주 명쾌하게 정해졌다.

최우수상은 한 편, 우수상은 두 편, 장려상은 여섯 편이 나왔다.

각 작품에 걸맞은 상을 배정한 심사 위원들이 종합적인 심사평을 적어나갔다.

그것은 얼마 후에 있을 시상식장에서 심사 위원들의 입으로 직접 낭송해야 하기에 하나같이 신중했다.

모든 작품에 대한 심사평이 나온 이후, 심사 위원들은 비로소 귀가할 수 있었다.

"후우."

문정욱은 집에 돌아오자마자 뻐근한 뒷목을 주물렀다.

그가 사는 곳은 2층짜리 연립주택이었다.

월세나 전세가 아니라, 본인의 명의로 된 집이었다.

그는 작년부터 부모님의 그늘에서 나와 독립된 생활을 하고 있었다.

물론 그 집을 스스로 마련한 건 아니다.

문정욱의 부모님은 한국에서 제법 유명한 소설가이며, 시인이자 대학교 교수였다.

게다가 두 분의 집안 자체가 대대로 물려받은 재산이 어마어마해, 금전적으로 아쉬운 것이 없는 사람들이었다.

그러니까 문정욱은 소위 말하는 금수저 집안에서 태어난 자식이었다.

문정욱에게 풍족한 삶이란 건 당연한 일인 것처럼 항상 그의 삶에 따라붙었다.

게다가 글 쓰는 능력까지 출중하고 머리까지 비상했다.

돈 많고 실력 있으니 그는 여태껏 남부러울 것 없이 살아왔다.

그런데 요새 계속 신경 쓰이는 것이 있었다.

그가 인터넷을 켜고 김두찬이라는 이름을 검색했다.

그러자 그와 관련된 기사들이 주르륵 나타났다.

하나같이 몽중인과 적, 그리고 영웅의 노래가 한국에서 전무후무한 기록을 세우고 있다는 내용들만 가득했다.

몽중인은 출간 3주 만에 5만 부 이상 팔렸고, 적은 2주 만에 7만 부가 팔렸다.

적의 인기는 몽중인 이상이었다.

게다가 영웅의 노래는 평균 조회 수 18만을 넘어서고 있었다.

김두찬은 그야말로 걸어 다니는 대기업이 됐다.

하루에 그가 버는 돈을 추산하니 3억이 넘어간다는 기사도 보였다.

김두찬의 팬클럽은 우후죽순 생겨나는 중이었고, 각종 매스컴에서 그와 관련된 얘기들을 신화처럼 다루고 있었다.

드르륵. 드르륵.

마우스 휠을 신경질적으로 돌리며 기사를 읽어나가던 문정욱의 미간이 확 구겨졌다.

"이런 씨발. 하나같이 소속사에서 언론 플레이 하는 거지. 쓰레기 같은 책 어떻게든 화제 몰이 해서 팔아먹으려고 하는 꼬락서니라니… 양아치 같은 새끼들."

문정욱은 심기가 불편했다.

요즘에는 어딜 가도 김두찬에 대한 얘기만 들리는 것 같았다.

대체 그 인간의 글 어디가 그렇게 대단하다는 건지 이해할 수가 없었다.

"후우."

문정욱이 인터넷 창을 닫고 서류 가방에서 묵직한 원고를 꺼내 들었다.

이번에 심사 위원들이 만장일치로 대상이라 추켜세운 바로 그 소설이었다.

문정욱은 원고를 한 장 한 장 넘기며 고개를 주억거렸다.

"그래. 이거지. 이런 게 문학이지. 저런 저급한 소설과는 궤를 달리하잖아."

소설다운 소설을 읽으니 엉망이었던 기분이 비로소 상쾌해지는 것 같았다.

'그나저나 이 작가… 누굴까?'

문정욱은 이 글을 쓴 작가가 누군지 몹시 궁금했다.

가능하다면 오늘이라도 만나서 이야기를 나누어 보고 싶었다. 그가 이런 생각을 하는 건 상당히 드문 경우였다.

그만큼 대상 수상작은 뛰어난 문학적 재미를 그에게 안겨줬다.

'완벽해. 작품이 담고 있는 주제 의식, 스토리, 문학적 소양. 어느 것 하나 부족한 게 없어.'

게다가 등장인물들의 갈등의 최고조가 되는 부분에서의 설전은 블록버스터 전쟁 영화를 보는 것 같은 착각이 일 만큼 스펙터클하고 생동감이 있었다.

여태껏 그 어떤 작가도 단순한 말싸움을 이런 식으로 연출하지는 못했다.

그것은 이 작가의 대단한 무기임과 동시에 남들이 따라 할 수 없는 독특하며 독보적인 개성이었다.

'시상식 날이 빨리 왔으면 좋겠어.'

문정욱이 만족스러운 얼굴로 원고를 덮어 책상 위에 두었다.

원고의 첫 장엔 '그래도 해는 뜬다'라는 제목과 '방만해'라는 작가 이름이 적혀 있었다.

*　　　*　　　*

다음 날.

김두찬은 아침에 눈을 뜨자마자 정상일보 홈페이지에 접속해 수상작 내역을 살폈다.

그리고 자신의 작품명과 가명이 대상에 당당히 올라 있음을 확인했다.

"됐다!"

김두찬이 양팔을 번쩍 들어 올리며 소리쳤다.

"진짜 대상이야."

김두찬은 모니터에 빠져 들어갈 듯 얼굴을 가까이 붙이고서 몇 번이고 대상이라는 글자를 확인했다.

"이거면 됐어."

김두찬이 침대 위에 점프하듯 드러누웠다.

일주일이라는 시간 동안 그에게는 많은 일들이 있었다.

나쁜 일보다는 좋은 일이 더 많았다.

몽중인과 적은 쾌조의 반응을 보이며 계속된 증판을 거듭했다.

영웅의 노래는 매일같이 평균 조회 수가 올라가는 중이다.

이제는 연재분도 100화가 넘어 20곳이 넘는 플랫폼에서 서비스를 하고 있었다.

몽중인의 영화화에 이어 적까지 예몽진 감독의 제작사와 계약을 하게 됐다.

몽중인은 제작사에서 내부적으로 시나리오화시키는 중이었다.

중간중간 시나리오 작가들이 김두찬에게 연락을 취해 자문을 구했고, 김두찬은 성실하게 응해줬다.

해서 시나리오는 제법 완성도 있게 만들어지고 있었다.

아울러 남성 잡지 맨스큐에서 메인 모델로 슈트 촬영을 했다.

슈트는 정미연이 직접 따라와서 맨스큐 쪽 스타일리스트와 함께 상의하며 코디해 줬다.

정미연과의 관계는 한 걸음 한 걸음씩 건강한 방향으로 진전되고 있었다.

여전히 바빠서 일주일 동안 두 번밖에 만나지 못했지만, 그때마다 두 사람은 서로를 애틋하게 대했다.

맨스큐 촬영이 끝난 다음에는 정미연이 사비로 슈트를 사서 김두찬에게 선물했다.

'남자는 언제든 신사로 변신할 준비가 되어 있어야 해요'라는 말과 함께.

김두찬의 시선이 방 안 행거에 잘 정돈되어 걸려 있는 슈트로 향했다.

정미연이 사줄 당시에는 '막상 저걸 입을 일이 얼마나 있을까?' 싶었다.

그런데 당장 입을 일이 생겼다.

정상 단편 문학상의 시상식장에 어떤 옷을 걸치고 가야 할지에 대한 고민이 사라졌다.

"오늘부로 시험도 끝났지."

이번 주는 기말고사 기간이었다.

김두찬의 중간고사 성적은 그냥 딱 무난한 수준이었다.

한데 이번에는 올 A+를 기대해도 좋을 정도였다.

이 기세라면 장학금도 노려볼 만했다.

아무튼 이번 한 주는 좋은 일들로 가득했다.

그렇다 보니 호감도가 보이지 않아 찾아왔던 공허함도 빠르게 메워졌다.

하지만 마냥 좋은 일만 있었던 것은 아니다.

한 주 내내 김두찬을 신경 쓰이게 만들었던 일이 하나 있었으니 바로 문정욱이었다.

그는 마치 김두찬과 사적으로 원한이라도 진 사람처럼 공격적인 글들을 SNS에 꾸준히 업로드했다.

김두찬은 이를 최대한 무시하려 애썼지만 그도 사람인 이상 그게 맘처럼 잘되지 않았다.

어젯밤, 잠들기 전까지만 해도 문정욱의 날카로운 글들이 영 신경을 건드리는 게 아니었다.

한데 오늘 수상 내역을 보는 순간, 모든 스트레스가 한 방에 날아갔다.

김두찬은 어서 시상식 일정이 공지되기만을 기다렸다.

* * *

6월 17일, 토요일.

정상 단편 문학상의 시상식이 열리는 날이다.

시상식이 진행되는 시간은 오후 5시.

오후 4시 반이 넘어가는 시점부터 사람들이 구름처럼 모여들기 시작했다.

김두찬도 시상식장에 선우동이 모는 차를 타고 도착했다.

"작가님, 내리시죠!"

"고생하셨어요, 선우 이사님."

선우동과 김두찬이 나란히 차에서 내렸다.

두 사람 다 말끔한 슈트 차림이었다.

특히 김두찬이 입은 슈트는 누가 봐도 알 만한 명품이었다.

게다가 정미연의 눈썰미로 고른 슈트라 스타일은 말할 것도 없이 좋았다.

슈트를 걸친 김두찬의 모습은 그야말로 천상천하 유아독존이었다.

남자는 슈트발이라는 말이 괜히 있는 게 아니었다.

사실 김두찬은 아무거나 걸쳐도 원판 자체가 사기 캐릭이다.

그런데 슈트까지 입어버리니 주변 사람들의 시선을 절로 사로잡았다.

"어? 김두찬 작가다."

"정말? 그런데 문학상 시상식에는 왜 왔지? 작품 출품해서 당선이라도 됐나?"

"김두찬 작가 이름은 수상자 명단에 없던데?"

"그냥 구경 왔나 보다."

"일반 문학에도 관심이 많은가 봐."

김두찬을 알아본 사람들이 저희들끼리 수군거렸다.

그에 김두찬보다 선우동이 더 신이 나서 은근한 목소리로 말했다.

"작가님이랑 같이 있으면 제 어깨에 힘이 들어갑니다."

"부끄러워요, 그런 말. 하하."

"근데 진짜 깜짝 놀랐습니다. 방만해가 작가님이었다니."

이틀 전, 선우동은 김두찬과 통화를 하던 중 문학상에 관련해 지나가듯 말을 던졌었다.

작가님의 필력은 충분하니 문학상에도 도전해 보는 것이 어떻겠느냐는 것이었다.

그에 김두찬은 선우동에게만 방만해가 자신임을 밝혔다.

그런데 하루가 지난 시점엔 그 얘기가 아띠 출판사 사장 민중식을 비롯, 모든 출판사 임직원의 귀에 들어갔다.

민중식은 생각지도 못한 소식에 기꺼워하다, 그 말을 다시 플레이 인 사장 정태산에게 전했다.

김두찬이 상을 타면 미리 준비하고 있다가 기사를 마구 터뜨려 줬으면 하는 바람에서였다.

소문은 정태산을 거쳐 정미연과 영화감독 예몽진에게도 전해졌다.

정미연은 정태산의 딸이니 자연스레 대화하다 얘기가 나왔고, 예몽진은 워낙 막역한 사이라 정태산이 자랑을 한 것이다.

결국 김두찬이 몰래 가려 했던 시상식장은.

"김 작가! 우리 소속사 보물단지! 축하하네."

"김 작가님, 축하드립니다. 우리 출판사에서 일반 문학 단편집도 한번 내보심이 어떠신지요?"

"이런 실력까지 감추고 있는 줄은 꿈에도 몰랐소! 내 크게 축하드리오!"

"두찬 씨, 오늘은 신사가 됐네? 축하해요."

각종 예술계의 거목들이 함께하는 자리가 되어버렸다.

* * *

시상식 내부는 김두찬과 일행들로 인해 소란스러웠다.

"저 사람… 예몽진 감독 아니야? 왜 그 대통령의 나라랑, 암살의 시대 찍은 감독."

"정미연이다! 요새 제일 잘나가는 스타일리스트 언니야. 걸크러쉬 작살."

"나 저 아저씨 텔레비전에서 봤는데……."

"플레이 인 사장이잖아. 정태산. 옆에 있는 정미연이 딸일걸?"

"어? 저기… 아띠 출판사 사장님인데? 작년에 열렸던 문학인의 밤에서 뵀었어. 근데 여기 왜 왔지?"

"김두찬 작가가 온다 그러니까 그냥 따라온 거 아니야? 아띠 출판사 수익 쭉쭉 올려주고 있으니까 잘 보이려고 그러는 걸 수도 있지."

"김두찬 작가는 장르 작간데 이런 데도 오는구나."

"장르 작가긴 한데 그 필력이 어디 일반 문학에 뒤질 필력이니? 내가 보기엔 조만간 일반 문학으로도 손 뻗을 것 같아."

"아무튼 저기 모인 사람들 전부 김두찬 작가랑 친해 보인다."

"플레이 인은 김두찬 작가 소속 회사고, 아띠 출판사에서는 책을 내고 있고, 김두찬 작가의 글을 예몽진 감독이 영화로 만든다고 하니까 당연히 친분이 있겠지."

"대박. 이런 김두찬 빠순이 넌."

"작가로서 존경하는 것뿐이야."

사람들이 김두찬과 그 일행들을 보며 이런저런 대화를 나눴다.

김두찬 일행은 시상식장의 맨 앞줄에 앉았다.

"이런 자리는 또 오랜만이군."

정태산이 감회가 새로운 듯 주변을 둘러보며 중얼거렸다.

그에 민중식이 고개를 끄덕였다.

“저도 오랜만입니다.”

“음? 민 사장님은 관계 업종에 계신데 자주 걸음 하시지 않으십니까?”

정태산이 민중식에게 물었다.

“하하. 이렇게 유명한 분들과 약속도 없이 한자리에 하게 된 것이 오래간만이라는 뜻이었습니다. 정 사장님 말씀, 다 알면서도 말장난 좀 쳤습니다.”

“하하하! 그런 얘기였군요. 이렇게 소중한 분들과 함께하게 돼서 저 역시 아주 기분이 좋아요. 이게 다 우리 김 작가 덕분 아니겠습니까?”

정태산이 ‘우리’라는 단어를 유독 강조했다.

그러자 민중식이 맞장구를 쳤다.

“맞습니다. 정 사장님께서는 김 작가님만 보시면 마음이 든든하실 것 같습니다.”

“아무렴요. 김 작가를 데려온 팀장한테 보너스까지 아주 두둑하게 줬습니다.”

“그러셨군요. 하하. 그나저나 이분은 예 감독님 아니신지?”

민중식이 뒤늦게 예몽진을 알은체했다.

“맞습니다! 충무로 바닥에서 빌어먹고 사는 예 아무개가 바로 본인입니다. 정 사장님이야 전부터 호형호제하는 사이라 크게 반가울 것도 없습니다만, 민 사장님은 전부터 뵙고 싶었던지라 상당히 반갑습니다."

"그게 형한테 할 말이냐, 털보야!"

예몽진의 말에 정태산이 소리를 버럭 질렀다.

그러자 민중식이 웃으며 두 사람을 중재했다.

그렇게 세 거물들이 서로 담화를 나누는 동안 김두찬과 정미연은 애틋한 시선을 교환하며 깨를 볶고 있었다.

그렇다 보니 선우동만 홀로 붕 떠버린 느낌이었다.

평소였다면 선우동을 신경 썼을 김두찬이지만 보고 싶었던 애인이 눈앞에 있으니 그게 잘 안 됐다.

"미연 씨, 나 궁금한 게 있어요."

"뭔데요?"

"사장님은 우리 둘 사이 알아요?"

"알아요."

대수롭잖게 대답하는 정미연과 달리 김두찬은 눈이 튀어나올 듯 커졌다.

"그, 그럼 별말 없으셨어요?"

"그 얘기는 나중에. 시작하네요."

정미연의 말이 끝남과 동시에 단상 위로 일곱 명의 심사 위원과 마이크를 든 진행자가 올라왔다.

심사 위원 중에는 슈트를 말끔히 차려입은 문정욱도 있었다.

"그럼 지금부터 정상 단편 문학상 시상식을 진행하도록 하겠습니다. 진행에 앞서 심사 위원들의 소개가 짤막한 인사말 들어보겠습니다. 먼저 '우리들의 낭만'으로 잘 알려진 대한민국 국민 소설가 장득천 님."

심사 위원이 나이가 지긋한 소설가에게 마이크를 건넸다.

문정욱은 자신의 차례가 다가오길 기다리며 그럴듯한 인사말을 머릿속으로 떠올렸다.

그러던 와중, 맨 앞줄에 유난히 튀는 얼굴 하나가 들어왔다.

게다가 처음 보는 사람임이 분명함에도 낯설지가 않았다.

마치 연예인을 텔레비전으로만 보다가 직접 마주한 그런 기분이었다.

'누구지?'

잠시 생각하던 문정욱의 머릿속에 이름 석 자가 떠올랐다.

'김두찬!'

문정욱은 김두찬의 얼굴을 알고 있었다.

그의 이름을 인터넷에서 검색하면 숱한 이미지 사진이 나타난다.

안 보려고 해도 안 볼 수가 없었다.

'저 새끼가 여기 왜 온 거지?'

김두찬은 일행인 듯 보이는 사람들과 함께 앉아 있었다.

한데 그 일행들의 면면이 심상찮았다.

'정태산, 예몽진 감독, 아띠 출판사 사장까지?'

정태산과 예몽진은 하도 매스컴에 노출이 잦아 얼굴을 알고 있었다.

민중식과는 개인적으로 친분이 있었다.

문정욱의 초기 작품은 아띠 출판사에서 출간을 했었기 때문이다.

아무튼 다들 김두찬과 연결 고리가 있는 이들이었다.

'저 자식이 제 인맥 다 끌고 와서 뭐 하자는 거야?'

문정욱은 김두찬의 저의가 무언지 도저히 알 수 없었다.

그때, 김두찬과 문정욱의 시선이 부딪혔다.

김두찬은 의미심장한 미소를 지어 보였고 마침 문정욱에게 마이크가 넘어왔다.

"안녕하세요, 문정욱입니다."

마이크를 든 문정욱은 미리 준비해 두었던 인사말을 유창하게 읊은 뒤, 예정에 없던 한마디를 덧붙였다.

"…저는 문학상이 모두의 축제는 아니라고 생각합니다. 자리에는 그에 걸맞은 격이라는 것이 있습니다. 세상일이 다 그렇습니다. 본디 격이 맞는 사람끼리 어울리게 되는 것이고, 이

자리 역시 격에 맞는 우리들의 축제가 되어야 한다고 생각됩니다.”

문정욱은 말미에 김두찬을 힐끔 바라봤다.

그가 대놓고 김두찬을 저격했다. 다른 사람들은 몰라도 김두찬과 그 관계자들은 충분히 알 수 있었다.

가장 성질이 호랑이 같은 정태산이 고리눈을 뜨고 문정욱을 노려봤다.

그에 정미연이 정태산의 팔을 꾹 잡아 누르고서 그를 진정시켰다.

“두찬 씨가 해결할 수 있어요. 그러니까 조금만 더 참아요.”

그동안 정미연은 문정욱이 넷상에서 김두찬을 얼마나 씹어댔는지 전부 지켜봤다. 정태산은 물론이고, 다른 김두찬의 지인들 역시 마찬가지였다.

하지만 김두찬은 아무런 대응도 하지 않다가 가명으로 문학상에 응모 해서 대상을 수상했다.

문정욱이 김두찬을 짓밟으려 할수록 그에게 돌아가는 대미지가 더욱 커질 터였다.

“크흠.”

정태산이 천천히 고개를 끄덕였다.

한데 문정욱의 태도에 기분이 나쁜 건 김두찬 일행뿐만이 아니었다.

여섯의 심사 위원들 대부분이 못마땅한 시선을 문정욱에게 던지고 있었다.

문정욱은 이를 아는지 모르는지 만족스러운 얼굴로 마이크를 사회자에게 넘겼다.

심사 위원들의 인사가 끝나고 드디어 시상에 들어갔다.

시상은 장려상을 받은 작가들부터 순차적으로 진행됐다.

심사 위원들이 상을 받은 작품에 대한 짧은 감상평을 말한 뒤, 작가의 이름을 호명해서 단상으로 올린 후 상장과 상금을 건네주는 식이었다.

모든 수상자들의 시상이 끝나고 이제 대상작 하나만을 남겨두고 있었다.

"그럼 영예의 대상을 받을 작품의 이름을 발표하겠습니다."

진행자가 마이크를 들고 힘 있게 외쳤다.

"그래도 해는 뜬다!"

김두찬의 작품이 대상 수상작으로 호명됐다.

하지만 어디에서도 박수는 터져 나오지 않았다.

김두찬의 지인들 역시 침묵을 지켰다.

그가 정체를 감추고 여기에 온 데에는 그럴 만한 이유가 있음을 알기 때문이다.

"그럼 심사 위원님들의 감상평부터 들어보도록 하겠습니다."

진행자가 심사 위원에게 마이크를 넘겼다.

심사 위원들은 오른쪽 끝에서부터 차례대로 심사평을 짤막하게 늘어놓았다.

그들의 입에서 흘러나오는 평가들은 하나같이 호평 일색이었다.

아무리 대상 수상작이라 하더라도 이 바닥에서 오래 묵은 문인들의 눈에는 걸리는 것이 한둘쯤은 생기게 마련이다.

하지만 단 한 명도 아쉬운 점이 있다거나 부족한 것에 대해 언급하지 않았다.

하나같이 '그래도 해는 뜬다'를 찬양하는 수준이었다.

만약 김두찬의 글이 어설프게 잘하는 척하는 것이었다면 신랄하게 짓밟았을 것이다.

그러나 완벽했고, 그것은 심사 위원들에게 기분 좋은 희열을 끌어냈다.

앞선 심사 위원들의 코멘트가 끝나고 마이크는 문정욱에게 넘어왔다.

그가 가볍게 마이크를 들고 객석을 여유롭게 둘러봤다.

입가에는 어느새 은은한 미소가 자리했다.

"그래도 해는 뜬다. 처음 이 작품을 접했을 때 제 머릿속에 떠올랐던 생각은 하나, '대상의 품격이 이보다 더 잘 어울리는 작품은 없다'는 것이었습니다. 왜 이런 글을 집필하는 작가가 여태껏 수상 내역이 없는 것인지, 아니면 뒤늦게 두각을 드러낸 것인지는 모르겠습니다."

정상 단편 문학상의 참가 조건은 문학과 관련된 상을 한 번도 받은 적이 없는 이들이었다.

그렇기에 신춘문예에 당선된 자들이라든가, 여타의 문학상을 받은 이들은 참가 자체가 불가능했다.

"어찌 되었든 이런 작가의 등용문이 된 곳이 저를 비롯해 기라성 같은 선배님들께서 함께한 정상 단편 문학상이라는 게 영광으로 여겨질 만큼, 저는 그의 글을 좋게 봤습니다. 이미 앞서 선배님들께서 작품에 대한 감상평을 충분히 열거하신 만큼 저는 짧게 한마디만 하겠습니다. 이 글은 다이아몬드처럼 빛이 납니다. 감사합니다."

문정욱이 마이크를 진행자에게 넘겨주었다.

진행자는 비로소 대상 수상자의 이름을 호명했다.

"과연 이토록 대단한 글을 집필한 작가님이 누구신지 저도 궁금합니다. 그럼 모셔보겠습니다. 영예의 대상을 수상한 '그래도 해는 뜬다'의 작가, 방만해!"

그러자 모두가 착석해 있는 가운데 김두찬이 홀로 일어섰다.

대상 수상자를 찾던 분주한 눈동자들이 일제히 김두찬에게 향했다.

'뭐야? 저 새끼가 왜 일어나? 시상식 망치려고 작정을 했나.'

문정욱이 씨근거렸다.

지금은 시상식의 하이라이트다. 가장 중요한 순간이었다. 모든 스포트라이트는 대상 수상자에게 집중되어야 한다.

그런데 엉뚱한 인간이 일어나 사람들의 시선을 도둑질해 갔다.

문정욱의 속이 확 뒤집어졌다.

'빨리 앉아!'

차마 입 밖으로 지를 수 없는 말을 안으로만 삼켰다. 한데 김두찬은 앉기는커녕 무대로 뚜벅뚜벅 걸어오는 게 아닌가?

엉뚱한 인간이 다가오는데 아무도 제지를 하지 않았다.

심사 위원들은 그렇다 쳐도 진행자들은 수상자들의 얼굴을 알고 있을텐데 왜 김두찬의 몰상식한 행동을 보고만 있는 건지 의아했다.

결국 김두찬은 단상까지 올라와 섰다.

더는 참을 수 없어진 문정욱이 김두찬에게 다가가려 할 때였다.

"여러분! 뜨거운 박수와 함성 부탁드립니다! '그래도 해는 뜬다'의 작가 방만해 님입니다!"

진행자가 크게 외치며 김두찬을 가리켰다.

순간 좌중에 침묵이 깔렸다.

지금 이 자리에 하객으로 온 사람 중 김두찬의 얼굴을 모르는 이는 거의 없었다.

그런 김두찬을 보고 방만해라고 하니 인지 부조화가 일어나며 동시다발적으로 멍해진 것이다.

김두찬이 진행자에게 마이크를 넘겨받았다.

그리고 천천히 입을 열었다.

"안녕하세요. '그래도 해는 뜬다'의 저자이자, 방만해라는 필명을 썼던 김두찬입니다."

"말도 안 돼!"

결국 문정욱의 입에서 고함이 터져 나왔다.

그에 다른 심사 위원들의 눈살이 찌푸려졌다.

진행자도 문정욱에게 멋쩍은 미소로 주의를 줬다.

"다들 놀라셨을 겁니다. 본의 아니게 혼란을 드린 점 사과드리겠습니다. 하나 가명을 쓴 것은 공정한 심사를 받기 위한 저 나름대로의 방법이었습니다. 제 이름이 워낙 시골스럽지 않습니까?"

김두찬의 농에 하객들이 피식거리며 웃었다.

덕분에 충격으로 꽁꽁 얼어 있던 분위기가 사르르 녹아내리기 시작했다.

하지만 문정욱이 다시 재를 뿌렸다.

"진행 팀! 제대로 확인한 겁니까? 방만해 작가가 김두찬 작가의 필명이 맞아요? 말도 안 돼요. 한낱 장르 작가가 이 무슨… 이건 거의 대필을 한 수준입니다! 저는 인정할 수 없습니다! 선배님들께서도 동의하시죠?"

문정욱이 목청 높여 말했지만, 다른 심사 위원들은 전혀 동의 못 하겠다는 얼굴이었다.

김두찬은 문정욱의 말을 무시하고서 수상 소감을 이어나갔다.

"길게 말하지 않겠습니다. 제게 대상의 영광을 안겨주신 심사 위원 여섯분에게 감사드립니다."

심사 위원은 문정욱을 포함해 일곱 명이다.

김두찬은 문정욱에게 하고 싶은 말을 따로 뺐다.

"그리고 장르 작가 김두찬의 글은 쓰레기라 매도했지만 순문학에 도전하는 신인 방만해의 글은 다이아몬드라 칭찬해주신 문정욱 작가님께 한 가지 묻겠습니다."

김두찬의 시선이 문정욱에게 향했다.

"글을 글 자체로써 평가하지 않고 작가가 누구냐에 따라 얼마든지 편협해질 수 있는 시선을 가진 분께서 심사 위원으로 있는 문학상을 신뢰할 수 있겠습니까?"

* * *

김두찬의 날카로운 물음에 문정욱의 속에서 불길이 솟구쳤다.

그는 자꾸 일그러지려는 얼굴을 겨우 펴고서 크게 숨을 들이마셨다가 내쉬었다.

그러고는 거짓 웃음을 만들어낸 뒤, 짐짓 여유로운 척 입을 열었다.

"이봐요, 김두찬 작가님. 아니, 두찬 씨. 장르 바닥에서 금칠 좀 해주니까 적당히 대필 써서 내 작품입네, 하고 들이밀면 어디서든 다 인정해 줄 거라고 생각했어요? 문단계가, 이 바닥이 그렇게 호락호락해 보여요?"

문정욱이 날을 바짝 세우고서 김두찬을 몰아붙였다.

그가 원체 오만하고 제멋대로인 면이 없잖아 있었지만 아무 때나 그런 기질을 내보이는 건 아니었다. 그걸 드러내도 되겠다 싶을 때만 작정하고 잠금 장치를 풀었다.

지금이 바로 그때였다.

문정욱은 김두찬에 대해 남몰래 많은 조사를 했다.

그의 실질적 데뷔작부터 활동 연력, 재학 중인 학교와 수상 내역에 대략적인 인맥까지 알아봤다.

하지만 순문학 쪽과의 연결 고리는 조금도 없었다.

오로지 장르 쪽에서만 날아다니는 인간이었다.

한데 그런 녀석이 '그래도 해는 뜬다'를 집필했다니 어처구니가 없어서 웃음이 나올 지경이다.

문정욱이 조소 섞인 음성으로 비아냥거렸다.

"이제야 알겠네요. 왜 이런 짓을 벌인 건지. 필시 이 무대에서 날 엿 먹이겠다 뭐 그런 거였겠죠? 내 SNS 글에 아무런 반응도 않더니 제법 속이 뒤집어졌었나 봐? 그래서 그쪽이 얻는 게 뭐죠? 통쾌함? 거기에 보너스로 명예도 얻겠다? 계획대로만 일이 진행되었다면 일석이조였겠네요. 한데 어쩌지? 난 그렇게 호락호락한 사람이 아닌데요. 당신이 거짓말쟁이에 엄청난 사기극을 벌이고 있다는 거, 이 자리에서 당장 증명해 보일 수 있어요."

문정욱이 하도 자신만만하게 나오니 하객들은 '정말 김두찬이 대필 작가를 써서 수상을 한 게 아닌가?' 하는 생각이 들었다.

"나를 비롯한 심사 위원들, 그리고 이 자리를 빛내러 와주신 하객들을 전부 현혹시켜 속이려 든 당신의 파렴치한 행동은 문단계를 기만했다고밖에 말할 수 없습니다. 난 필히, 당신이 중징계를 받도록 할 것이며 두 번 다시 문단계에 발도 들일 수 없도록 조치할 것입니다."

객석이 술렁였다.

심사 위원들은 상황이 어찌 돌아가는 건지 지켜봤다.

진행자를 비롯하여 시상식의 진행 팀들은 이 소란을 제압

해야 하나, 두고 봐야 하나 고민했다.

평화로워야 할 시상식장에 태풍이 몰아치고 있었다.

한데 그 안에서 김두찬은 유난히 평온했다.

마치 자기 혼자만 태풍의 눈 안에 있는 것 같은 모습이었다.

그렇게 고고한 자태가 사람들의 이목을 절로 집중시켰다.

이내 하객들의 입이 하나둘 닫히고 고요함이 내려앉았다.

문정욱이 소란으로 일으킨 파문을 김두찬은 침묵으로 잠재웠다.

적막 속에서 김두찬의 입이 열렸다.

"증명할 수 있나요? 제가 대필 작가를 썼다는 걸."

"몇 마디 대화만 나눠보면 누구든 알 수 있겠죠. 당신이 문학적 소양이 있는지, 없는지."

"그러니까 문 작가님은 제가 문학적 소양이 없는 사람이며, 대상 수상작을 쓸 만한 깜냥이 되지 않는다는 말을 하고 있는 건가요?"

"잘 알고 있네요."

김두찬이 살짝 고개를 숙이고 피식 웃었다.

"지금 그따위 허세를 부릴 때가 아닐……."

"심예훈 선배님, 안녕하십니까."

김두찬은 문정욱을 무시하고 뒤에 서 있던 노령의 심사 위원에게 인사를 건넸다.

멀리서 돌아가는 상황을 관망하다 별안간 인사를 받게 된 심예훈이 거칠한 턱수염을 긁적였다.

"날 아는가?"

"일면식은 없지만 선배님의 글로 많은 것을 배웠습니다. 특히 '동전의 양면'은 행복과 불행의 메커니즘을 완전히 역전시켜 버린 발상이 흥미로웠습니다. 괜히 파격의 이야기꾼이라고 불리는 게 아니라는 걸 새삼 깨달은 글이었어요. 뿐만 아니라 행간에 숨겨놓은 얘기들도 즐거웠습니다. 어쩌면 그런 시도 자체가 선배님께서 정말 하고 싶은 주제 의식의 피력이 아닐까 싶었습니다."

김두찬의 말을 듣고 난 심예훈의 눈이 휘둥그레졌다.

그는 자신도 모르게 박수를 칠 뻔했다.

"자네… 그런 걸 다 파악했나?"

"별것 아닌 알음으로 재주 좀 부려봤어요."

겸손하게 대답하는 김두찬의 모습이 심예훈의 가슴에 크게 담겼다.

사실 김두찬은 이런 상황 역시 예상을 했다.

그리고 이틀에 걸쳐 심사 위원들의 저서와 논평, 비평, 그 외 모든 글들을 전부 찾아 기억한 뒤 지력의 능력을 발휘해서 잘 소화시켰다.

아울러 그들의 이력까지 달달 외웠다.

호감도가 보이지 않고, 더 이상 적립되는 보너스 포인트도 없었지만 이미 익히고 있는 능력들은 사용하는 게 가능했다.

김두찬의 시선이 심예훈의 옆에 서 있는 중년 여인에게 향했다.

"전미나 선배님이시죠? 20년 전 신춘문예로 등단하신 이후, 3년 동안 걸출한 작품을 집필하시면서 줄곧 비평가로 활동하고 계시고요. 항상 지치지 않고 왕성한 비평을 해주시는 모습이 참 열정적으로 다가왔습니다."

"그런… 가요?"

"게다가 미인이시네요."

김두찬이 말미에 빙긋 웃었다.

순간 주책없게도 전미나의 가슴이 쿵쾅거리며 뛰었다.

"김두찬 후배님도… 참 잘생겼네요. 호호."

'뭐? 후배? 미친 거 아니야?'

문정욱이 어처구니가 없어 입을 쩍 벌렸다.

지금 자신이 김두찬을 추궁하고 있는데 후배라고 칭하다니? 저 자식을 문단계에 발도 못 들이게 하려는 모습이 그들에게는 보이지 않는 것인가?

'크윽.'

문정욱의 속이 뒤틀렸다.

그러거나 말거나 김두찬은 나머지 선배들에게도 차례로 인사를 건네며 그들을 한껏 추켜세워 줬다.

어느덧 김두찬을 바라보는 심사 위원들의 얼굴에 호의가 어렸다.

상황이 이상하게 흐르고 있었다.

그렇다고 김두찬을 제지할 수도 없었다.

그러기엔 절망적이게도 빈틈이 보이지 않았다.

모든 인사를 끝낸 김두찬이 다시 문정욱을 바라봤다.

그리고 한 자 한 자 천천히 내뱉었다.

"이제 다시 말씀해 보시죠. 누가 문학적 소양이 없다고요?"

"……."

문정욱의 말문이 턱 막혔다.

기회를 잡은 김두찬이 계속해서 말을 쏟아냈다.

"문학이란 사상이나 감정을 언어로 표현한 예술입니다. 그것은 곧 순문학이 될 수도 있고, 시가 될 수도 있으며, 희곡, 수필, 장르 문학 역시 될 수 있을 겁니다. 문학이란 틀이 없는 자유 속에서 행해질 때 비로소 열매를 맺는 법입니다. 제가 마음에 들지 않는다고 절 마음대로 재단해 버리고 그것이 진실인 것처럼 밀어붙이는 편협한 당신이야말로, 문학적 소양이 없는 것 아닙니까?"

문정욱의 덜덜 떨리는 눈동자가 심사 위원들과 하객들을

훑었다.

모든 사람들의 시선이 그에게 집중되어 있었다.

'큰일이다.'

벼랑 끝에 몰려 버렸다.

여기서 한 걸음만 뒤로 뻗으면 낭떠러지였다.

그럴 순 없었다.

어떻게든 김두찬이 잘못한 것으로 막을 내려야 한다.

자신이 꼬리를 말아버리는 순간 김두찬은 승자가 된다.

문정욱은 김두찬을 무섭게 노려봤다.

"어디 대중의 입맛에 맞는 글이나 끄적이던 인간이 문학을 논합니까!"

"그 말 후회 안 해요?"

"후회? 내가 걸어온 길에 단 한 번도 그따위 단어는 묻어난 적이 없습니다."

"후우."

김두찬이 짧게 숨을 내쉬고서 말했다.

"문학이란 틀이 없는 자유 속에서 행해질 때 비로소 열매를 맺는 법이다. 조금 전에 제가 했던 말이죠."

"어디 그런 역겨운 말을 읊어댑니까. 코에 걸면 코걸이, 귀에 걸면 귀걸이라는 말과 다를 게 뭡니까? 그따위 논리로 지금 자신의 수준을 여기에 걸맞은 것처럼 끼워 맞추려는 건가요?"

"문정욱 씨. 이 말 어디서 많이 들어본 구절 아닙니까?"

"뭐?"

김두찬의 물음을 듣는 순간 문정욱의 양어깨가 오싹해졌다.

그리고 뒤통수가 따가웠다.

"1985년. 뒤에 계신 선배님들 중 심예훈 선배님, 전미나 선배님, 장득천 선배님께서 함께 참여해 발간했던 자유와 문학이라는 문예 잡지의 창간사였습니다. 지금 당신은 선배님들의 가르침이 잘못되었다 말하는 겁니까?"

"……!"

문정욱이 놀란 토끼 눈이 되어 고개를 휙 돌렸다.

순간 여섯 심사 위원들의 노기 어린 얼굴이 들어왔다.

'…이런.'

완전히 당했다.

김두찬이 쳐놓은 덫에 옴짝달싹 못하게 걸려 버렸다.

설마 저 인간이 30년도 더 된 고릿적 잡지의 창간사까지 들먹일 줄은 몰랐다.

세상에, 지금 시대의 사람들이 어찌 그런 걸 외우고 다닌단 말인가?

'씨발…….'

속에서 욕이 튀어나왔다.

이건 완전히 문정욱의 무대였다.

김두찬을 철저하게 짓밟을 수 있는 기회였다.

그런데 오히려 그가 당하고 말았다.

주변의 공기가 바뀌었음을 피부로 느낄 수 있었다.

이미 심사 위원들은 김두찬을 두둔할 기세였다.

'저 새끼 대체 정체가 뭐야?'

정말 자신이 사람을 잘못 판단했단 말인가?

재야의 고수가 자신을 드러내기 전 장르 쪽 글에 먼저 발을 담갔다고? 대체 왜? 뭐 하러 그런 짓을 하는 거지?

보통은 순문학에 먼저 노크를 했다가 다른 곳으로 빠져나가기 마련이다.

그런데 저 인간은 대체……?

저 정도로 순문학에 대해 잘 알고, 선배들의 개인 이력까지 알고 있을 만큼 애정이 있는 인간이 무엇 때문에……?

아무리 생각해도 문정욱의 머리로는 이해할 수가 없었다.

"저를 문학계에 얼씬도 못하게 하겠다고요? 그 말 그대로 돌려 드리도록 하죠. 저는 오늘의 일을 절대 그냥 넘기지 않을 겁니다. 모든 언론에 이 사건을 알리고 당신을 모든 문학인들로부터 지탄받도록 만들 겁니다."

"지금… 복수하겠다는 말입니까?"

"없다고는 못 하겠죠. 저는 제 감정에 솔직한 인간이니까요. 하지만 그게 다는 아닙니다. 당신 같은 인간 때문에 이 바닥이 더러워지는 걸 보고만 있지는 못하겠네요."

"당신 같은 인간? 네가 뭔데 날 판단해! 내가 어떤 인간인지 네가 뭘 안다고!"

문정욱은 천적에게 목덜미를 물린 맹수처럼 몸부림쳤다.

이미 그는 벼랑에서 추락하고 있었다.

그런 그를 지켜보던 여섯 명의 심사 위원이 드디어 움직였다.

"네가 어떤 인간인지는 내가 아주 잘 알지."

입을 연 사람은 쉰 초반의 소설가 장득천이었다.

"장 선배님."

문정욱이 놀라 장득천을 바라봤다.

"정욱아. 지금껏 나는, 아니, 우리는 몇 번이고 네게 기회를 줬다. 네가 천둥벌거숭이처럼 설치고 다녀도, 혀를 독하게 놀려도 따끔하게 혼을 냈을 뿐이지."

그렇게 가르치고 이끌어주면 문정욱이 바뀔 줄 알았다.

하지만 그는 바뀌지 않았다.

"그래도 너를 어떻게든 끌고 가려 했던 건 첫째, 네 재능이 아까웠기 때문이고 둘째, 네 부모가 우리와 동반이자 선후배 사이이기 때문이었다. 그런데 넌 끝까지 바뀌지를 않는구나.

이제 사사로운 정 때문에 미련한 기대를 놓지 못하는 일은 그만두기로 했다. 적어도 나는 결단을 내려야겠구나."

장득천의 말에 그와 함께 문예 잡지를 만든 멤버이자 지금도 절친한 벗인 심예훈, 전미나가 고개를 끄덕였다.

그들도 장득천과 뜻을 함께하겠다는 뜻이었다.

그에 문정욱의 얼굴이 벌겋게 달아올랐다.

*　　*　　*

"선배님들. 지금 무슨 말씀을 하시는 건지 이해를 못 하겠네요. 저랑 함께해 온 세월이 있는데 어찌 오늘 처음 보는 저런 작자의 말을 더 신임하십니까? 이건 저자가 철저히 짜놓은 함정입……!"

"이놈!"

문정욱이 당황해서 떠벌리자 여태 침묵을 지키고 있던 원로 작가 공추하가 버럭 소리를 질렀다.

"끝까지 그 버릇은 버리지 못하는구나! 너는 지금 우리더러 사리 분별을 제대로 하지 말고, 사사로운 관계를 더 신경 쓰라 말하고 있으렷다!"

"오해십니다, 선생님. 제 말은……."

"김두찬 후배의 말이 백번 옳다. 너는 글보다 사람을 보고 있다. 그뿐이랴? 넌 문단 안에서 정치를 하려 들고 있어. 네게 잘 보이는 후배들은 열과 성을 다해 끌어주고 조금이라도 밉보이면 어떻게든 짓밟으려 드는 걸 모를 줄 알았더냐? 언젠가는 바뀌겠지, 하며 두고 보는 것도 이제는 끝이다."

문정욱의 얼굴에서 핏기가 싹 가셨다.

공추하는 문단에서 대장로라는 별명을 가지고 있을 만큼 영향력이 강한 사람이다.

그의 입에서 저런 말이 나왔다는 것은 사형선고가 떨어진 것이나 다름없었다.

"서, 선생님……."

문정욱의 목소리가 처음으로 떨려왔다.

공추하는 그런 문정욱에게 서슬 퍼런 시선을 던졌다.

"어린놈이 너무 빨리 컸구나. 겸손함을 배우고 다시 와야 할 게다. 난 네 녀석의 심사 위원 자격 박탈을 정식으로 의뢰하는 것은 물론 문단계 추방도 상의하겠다. 네 세 치 혀에 상처받고 괴롭힘에 신물이 나 펜대를 꺾은 신진 작가들이 무려 셋이나 되지 않느냐. 감싸고 도는 건 여기까지다. 당장 나가라."

"……."

문정욱이 채에 얻어맞은 파리처럼 파르르 떨었다.

그런 그의 귀로 결정적인 한마디가 강렬히 꽂혔다.

"그리고 몽중인과 적, 나도 읽어봤다. 장르 소설의 옷을 입고 있으나 알맹이는 훌륭한 문학 소설이었다."

"……!"

문정욱의 정신이 아찔해졌다.

적잖은 충격을 받은 그가 휘청거리다가 겨우 중심을 잡고 섰다.

더 이상 이 곳에 자신이 설 자리는 없었다.

문정욱은 치욕스러움과 패배감을 안고 비척이며 단상을 내려섰다.

그리고 조용히 시상식장의 후문으로 빠져나갔다.

모든 이들의 시선이 그의 등에 꽂혔다.

힘없이 문을 열고 나서는 그는 꼭 패잔병 같았다.

문정욱이 떠난 뒤, 심사 위원들이 장내의 분위기를 다시 정돈했다.

하객들은 어안이 벙벙했지만 이내 흘러가는 상황에 금세 적응했다.

누가 봐도 문정욱이 잘못한 상황이었고, 화려한 배경과 이력에 가려 보이지 않던 그의 졸렬함이 여실히 드러났다.

문정욱에게 반감이 일었던 상황에서, 그가 나가주니 불편함도 사라졌다.

상황이 정돈된 이후 심사 위원들은 다시 수상식을 이어나갔다.

공추하가 대표로 나와 김두찬에게 상패와 상금을 건네주었다.

진행자도 정신을 차리고 다시 마이크를 들었다.

"'그래도 해는 뜬다'의 저자! 김두찬 작가님께 대상이 수여되고 있습니다!"

"와아아아아!"

그제야 객석에서 속 시원한 박수와 함성이 터져 나왔다.

김두찬은 하객들과 지인들에게 고개 숙여 인사했다.

그를 보고 있는 정태산 부녀와 민중식, 예몽진, 선우동의 얼굴에 미소가 가득했다.

김두찬이 이번엔 심사 위원들에게 고개 숙여 감사를 표했다.

"선배님들께 제가 뭐라고 감사의 말씀을 드려야 할지 모르겠습니다."

"순리대로 흘러간 것뿐일세."

공추하가 대표로 입을 열었다.

"오늘은 상황도 그렇고 지인들과 좋은 시간을 보내야 할 테니, 다음번에 기회 되면 술잔이나 한번 나눴으면 좋겠구만. 술은 좀 하는가?"

"못 먹진 않습니다."

"허허허. 기대하겠네."

공추하는 김두찬의 어깨를 가볍게 두드려 주었다.

김두찬이 다시 한번 인사를 건넨 뒤 단상에서 내려왔다.

그러자 진행자가 마무리 멘트를 쳤다.

"이것으로 정상 단편 문학상의 시상식을 끝내도록 하겠습니다. 귀한 시간 내어 자리를 빛내주신 하객 여러분과 심사 위원 여러분께 깊은 감사의 말씀 드리며, 수상자 여러분 축하드립니다. 조심히 돌아가십시오."

김두찬이 지인들에게 다가갔다.

그들은 모두 자리에서 일어나 김두찬을 맞이했다.

정미연이 앞서 나가 김두찬의 두 손을 꼭 잡아주었다.

"멋있었어요."

"고마워요, 미연 씨."

두 사람의 얼굴에 따뜻한 미소가 어렸다.

그렇게 유난히 길었던 시상식이 끝났다.

* * *

김두찬 일행은 그냥 헤어지는 것이 아쉬워 가볍게 축배를 들기로 했다.

그들은 시상식장 근처의 고깃집으로 향했다.

"이 자리는 내가 살 테니 다들 맛있게만 드세요."

기분이 한껏 좋아진 정태산이 골든 벨을 자처했다.

"그럼 고기는 제가 굽겠습니다. 이 손이 고기 구울 때는 금손이 됩니다."

선우동이 집게를 들고 고기를 굽기 시작하자 술잔에 술이 채워졌다.

"건배합시다! 우리 김 작가의 정상 단편 문학상 대상을 위하여!"

"위하여!"

사람들이 기분 좋게 잔을 부딪치고 술을 목으로 넘겼다.

"자자, 이어서 바로 한 잔 더 합시다! 하하하!"

오늘따라 정태산이 유독 신이 나 있었다.

그의 리드로 술이 한 잔, 두 잔 들어가며 서로 간에 이런저런 이야기가 오고 갔다.

다들 김두찬을 축하하는 분위기 속에서 기분이 고조되었다.

하지만 정작 이 자리의 주인공인 김두찬은 맘 편히 즐기기가 힘들었다.

'사장님이 나랑 미연 씨 관계를 알고 있다고 그랬는데…….'

둘의 교제 사실을 정태산이 알게 된 것이 마음에 걸렸기 때문이다.

분명히 얘기가 나올 텐데 그게 언제쯤일까 눈치를 보던 와중, 빈 소주병이 열 병쯤 늘어났을 때였다.

"한데 김 작가. 내 딸이랑 교제를 하고 있다고?"

정태산이 고기를 집어 먹으며 지나가는 말처럼 툭 던졌다.

그에 민중식과 선우동이 놀라서 김두찬과 정미연을 번갈아 봤다.

예몽진은 호탕하게 웃으며 김두찬의 어깨를 툭툭 쳤다.

"으하하하하! 역시 호걸은 미인을 알아보는 법이요! 아주 멋지시오, 김 작가님!"

"털보야. 지금 애비 된 입장으로서 김 작가와 진지한 얘기 나눌 참이니 얌전히 고기나 욱여넣어라."

"고기 많이 먹으라는데 마다하겠소? 원 없이 먹으리다! 사장님! 여기 4인분 추가요!"

예몽진은 이 사태를 별로 크게 생각하지 않았다.

오히려 남녀가 만나는 일이니 자연스러운 것이라 여겼다.

하지만 아버지인 정태산의 입장은 달랐다.

딸내미가 연애를 하고 있다는데 그냥 모른 척 넘어가기란 힘든 일이었다.

"언제부터인가?"

"이번 달 초부터입니다."

김두찬은 바짝 긴장했다.

여자를 사귀는 것도 처음인데 그녀의 아버지가 소속사 사장이다.

이럴 땐 어떻게 행동해야 하는 건지 알 수 없던 김두찬은 정신을 똑바로 차리고 정태산에게 집중했다.

그가 한동안 말없이 김두찬을 바라보다가 천천히 입을 열었다.

"…김 작가. 괜찮은가?"

"…네?"

"집필 환경에 문제는 없고?"

"…네?"

"하아. 내 저 녀석이 자네와 연애한다는 얘기를 듣고 어찌나 걱정이 많았는지……."

정태산이 빈 잔에 술을 채워 단숨에 비웠다.

"크으, 김 작가."

"네, 사장님."

"미안하네."

"…네에?"

"이렇게 드센 딸을 맡아줘서 내 면목이……."

"더 하시면 싸우자는 의미로 해석할게요."

정미연이 정태산의 말을 막았다.

정태산이 고개를 절레절레 저으며 다시 술을 채웠다.

꼴꼴꼴.

"보게나. 내가 내 딸을 모르겠어? 저 성격을 어찌 받아주려고 그런 선택을 했는지 잘 모르겠구만."

"아빠."

"저놈은 천둥벌거숭이에 무서운 것도 없고 애교도 없네."

"저 경고했어요."

"자존심도 세고 남자랑 싸워서 져본 적이 없는 선머슴 같은 녀석이야."

"딱 여기까지만 참을게요."

"지금도 저렇게 제 아비나 협박하는, 귀여운 구석이라곤 눈을 씻고 찾아봐도 없는 녀석이네만……."

"아빠!"

갑자기 정태산이 김두찬의 손을 덥석 잡았다.

"잘 부탁하네. 그래도 내 딸일세."

"……."

"……."

순간 모든 사람의 말문이 턱 막혔다.

방금까지 도끼눈을 하고 있던 정미연도 머리를 한 대 맞은 듯한 얼굴로 굳어버렸다.

"지금까지 놈팡이 같은 놈들만 만나서 맘고생이 많았을 거야. 다른 건 똑똑하게 잘 처리하는 녀석인데 남자 보는 눈은 왜 그리 없는지 원…….”

정미연이 시선을 다른 곳으로 돌렸다.

“하지만 이번에는 네가 제대로 된 선택을 한 것 같더구나. 이보게, 김 작가.”

“네, 사장님.”

“둘이 깊은 관계 아니라면 사귀다가 싸워도 좋고 언제든지 헤어져도 나는 상관하지 않을 거라네. 다만 서로가 서로에게 떨어져서는 안 될 사람으로 마음 깊숙이 들어오게 된다면… 다른 거 안 바라네. 내 딸, 웃게 해주게.”

정태산은 말미에 미소를 머금었다.

김두찬이 무겁게 고개를 끄덕였다.

“알겠습니다. 명심할게요, 사장님.”

“하하하. 그래, 믿겠네.”

김두찬과 정미연의 연애 얘기는 거기서 마무리됐다.

이후부턴 훙겨운 분위기 속에서 우스갯소리를 주고받으며 시간을 보냈다.

하지만 대가들이 모여서 그런지 언뜻 실없는 얘기만 오가는 것 같아도 그 안에 굵직한 알맹이들이 담겨 있었다.

실제로 이런저런 농이 난무하는 와중에 예몽진 감독은 전부터 눈독 들였던 플레이 인의 배우 중 한 명을 이번 영화 몽중인의 주연으로 삼고 싶다 얘기했고, 정태산은 긍정적으로 배우와 의견을 타진해 보겠다 답했다.

아울러 민중식은 정태산에게 김두찬 작가의 사인회가 곧 열릴 테니 많은 광고 바란다며 부탁을 했다.

그 역시 정태산은 맡겨놓으라고 호탕하게 대답했다.

테이블 위에 빈 술병은 계속해서 늘어갔다.

그만큼 사람들의 친분도 조금씩 쌓여갔다.

* * *

김두찬이 지인들과 즐거운 시간을 보내고 있을 때.

문정욱은 자주 가는 바에서 홀로 술을 마시는 중이었다.

“꿀꺽! 크으!”

그가 독한 위스키를 스트레이트로 비우고서 입을 닦았다.

벌써 테이블엔 빈 병이 두 개나 놓여 있었다.

오늘은 그냥 엉망으로 취하고 싶었다.

“씨발… 나를 내쫓아……? 너희들이? 망할 꼰대 새끼들!”

문정욱은 다시 한 잔을 따라 단숨에 목으로 넘겼다.

“끄으! 김두찬 이 개새끼… 내가 이대로 그냥 당하고 있을 것 같아?”

문정욱이 스마트폰을 꺼내 SNS에 접속했다.

그리고 취중에 분노의 글을 올리려다가 그대로 멈췄다.

"뭐야?"

SNS엔 메시지가 수백 통이 넘게 와 있었다.

문정욱이 그것들을 열어보았다.

한데 하나같이 그를 비난하고 헐뜯는 욕만 가득했다.

—내가 당신 설치고 다닐 때부터 그 꼴 날 줄 알았어.

—문단계에 등장한 천재 이단아라더니 그냥 무법자였네.

—부끄러운 줄 알아! 당신 같은 사람들 때문에 문인들이 욕먹잖아!

—내 후배 중 한 명이 그쪽한테 당하고서 학을 뗐지. 그때 당신이 했던 짓거리 전부 폭로할 거라던데, 기대해. ^^*

—그냥 죽어라, 새끼야.

—어휴, 병신.

"이것들이 단체로 왜……?"

독설로 도배가 되어 있는 메시지에 문정욱은 당황했다.

한참 메시지들만 훑어보던 그는 황급히 인터넷 창을 열었다.

그런데 인터넷 실검이 전부 자신과 관련된 것들이었다.

1. 문정욱

2. 문정욱 추방

3. 김두찬, 방만해

4. 김두찬 대상

5. 정상 단편 문학상

6. 문정욱 시상식장에서 난동

7. 문정욱 문인으로서의 소양

8. 문지심 교수

9. 상천대학교

10. 문정욱 심사 위원 자격 박탈

"이런, 미친……."

자신의 이름이 붙은 것들은 하나같이 안 좋은 키워드뿐이었다.

게다가 문정욱의 아버지 문지심 교수의 이름과 대학 이름까지 떴다.

문정욱의 신상이 탈탈 털리고 있었다.

이미 인터넷에서는 시상식장을 찾았던 하객들이 올린 글을 누리꾼들이 퍼 나르기 시작했다.

뿐만 아니라 기자들도 열심히 문정욱과 관련된 기사들을 토해놓고 있었다.

그러자 문정욱에게 부당한 처사나 괴롭힘을 당했던 젊은 문인들도 앞다투어 억울한 사정을 올렸다.

인터넷을 한참 동안 들여다보던 문정욱은 자신이 매장당하고 있다는 걸 느꼈다.

그때였다.

지이이이잉—

문정욱의 아버지 문지심으로부터 전화가 걸려왔다.

액정에 뜬 '아버지'라는 세 글자를 보는 순간 취기가 확 달아났다.

그가 마른침을 삼키고서 전화를 받았다.

"네, 아버지."

—고얀 놈!

전화기 너머로 날카로운 일갈이 날아들었다.

"아버지, 오해예요. 그게 아니에요."

—닥쳐! 네가 감히 내 이름에 똥칠을 해?! 지금 이 늦은 시간에 이사장에게서 연락이 왔다. 당장 다음 주부터 나오지 말라더구나. 멍청한 아들 놈 때문에 네 아비가 해임을 당했단 말이야! 알아들어? 이 자식아!

문지심의 고함에 문정욱의 사지가 부들부들 떨려왔다.

그는 자신의 아버지가 어떤 사람인지 누구보다 잘 알고 있다.

사람들 앞에서는 호인에 대인배인 척하지만, 실상은 폭력적이고 신경질적인 사람이었다.

문정욱은 어렸을 적부터 그에게 호되게 맞으면서 자랐다.

그건 지금도 변하지 않았다.

천둥벌거숭이 같은 문정욱이 유일하게 두려워하는 존재, 그것이 바로 아버지였다.

"아버지, 제 말씀 좀 들어보세요."

—나 지금 네 집에 와 있다.

지금 아버지를 만나면 안 된다. 어떻게든 도망가야 한다. 대면하는 순간 어디 한 군데는 분명히 부러질 터였다.

"아버지, 제가 집에 가기 조금 곤란한 상황이라서……."

—네 서재에 불 싸지르기 전에 당장 튀어와, 이 새끼야!

그 말이 문정욱에게는 사형선고처럼 들렸다.

"가, 갈게요, 아버지!"

문정욱이 술을 마시다 말고 벌떡 일어서서 바를 나서려 했다.

그런데.

콰당탕!

"크악!"

과음을 한 탓에 자기 왼발에 오른발이 걸려 그대로 나자빠지고 말았다.

그런 문정욱을 본 다른 손님들이 키득거렸다.

'내가 씨발… 단 한 번도 이런 치욕을 겪어본 적이 없었

어… 내가… 씨발…….'

비척거리며 일어서서 고개를 푹 숙이고 바를 나가는 문정욱의 눈에서 눈물이 흘러내렸다.

그렇게 천재라 불리던 젊은 문인 문정욱은 스스로의 거만함을 주체 못 한 채 몰락해 버렸다.

Liking 59

건드린 대가

<플레이진의 태경, 드라마 주연으로 발탁!>

근 이틀 동안 인터넷은 태경에 관한 기사들로 넘쳐났다.

태경은 5인조 중견 아이돌 그룹 플레이진의 리더다.

아울러 정미연의 전 남자 친구이기도 했다.

그러나 다른 여자와 차 안에서 관계 가지는 것을 들켜 일방적으로 이별을 당했었다.

물론 이러한 사실을 아는 이들은 아무도 없었다.

정미연만 입을 다물면 새어나갈 일이 없기 때문이다.

설사, 입을 연다고 해도 플레이진의 소속사 '웨이브 엔터테인먼트'는 모든 것을 케어해 줄 능력이 되었다.

아무튼 태경의 드라마 주연 소식은 연예가의 화젯거리였다.

플레이진은 10년 전 데뷔한 이후 앨범을 내놓을 때마다 항상 1위를 놓친 적이 없는 장수 아이돌 그룹이다.

멤버들 간의 불화설도 없었고, 미디어에 비추어지는 이미지도 하나같이 깨끗했다.

게다가 한 명 한 명의 비주얼이 대단했으며 춤, 노래, 랩, 모든 분야에서 기본 이상은 하는 멤버들로 구성이 되어 있었다.

예능감도 좋아서 지금은 모든 멤버가 하나씩은 고정 예능 프로를 맡고 있는 중이었다.

그중에서도 가장 인기 있는 예능 프로에 출연 중인 사람은 리더 태경이었다.

다섯 명 중에 가장 입담이 좋고 개인기가 많은 데다 개그감이 있어서 그를 원하는 프로그램이 많았다.

당연히 몸값은 하루가 갈수록 높아지고 있었다.

한 달 전에는 플레이진이 여섯 번째 정규 앨범을 발매했는데 모든 수록곡들이 차트 줄 세우기를 해버리는 바람에 몸값의 상승세가 더욱 무서웠다.

그야말로 10년 동안 단 한 번의 삐걱거림 없이 승승장구를 해온 그룹 속에서 태경은 남부러울 것 없는 나날을 보내는 중이었다.

스타에게 가장 필요한 건 인기다.

그 인기는 이미 오래전에 하늘 끝까지 치솟아 한 번도 내려온 적이 없었다.

플레이진의 대표 팬클럽 회원 수를 넘어서는 아이돌 팬클럽이 없다는 것만 봐도 쉽게 알 수 있는 부분이다.

인기는 곧 스타에겐 수익으로 이어진다.

이미 플레이진의 모든 멤버들은 평생 놀고먹어도 될 만큼의 돈을 벌어놓았다.

인기와 돈.

그 두 가지가 생기니 명예와 여자는 저절로 따라붙었다.

도대체 부족할 것이 없는 인생이었다.

그런 삶을 살다 보니 매스컴에 드러나는 이미지와 달리 안에서부터 비뚤어지는 멤버도 생겨났다.

그게 바로 태경이었다.

특히나 그의 여성 편력은 이미 연예계에서는 공공연히 알고 있는 비밀이었다.

그래서 소속사에서는 태경에게 주의를 몇 번이고 주었지만 슈퍼 을이 되어버린 태경은 그 말을 들으려 하지 않고 열심히 이 여자 저 여자를 잠자리로 끌어들였다.

그 바람에 똥줄이 타는 건 소속사와 다른 멤버들이었다.

소속사는 태경이 문제를 일으킬 때마다 여자를 대신 만나 현금을 쥐여주든, 다른 조건을 제시하든 해서 사태를 무마시켰다.

그럼에도 태경을 내칠 수가 없었다.

소속사 입장에서 그는 거대한 캐시카우였기 때문이다.

실제로 반년 전부터는 태경 개인의 월 수익이 플레이진의 수익과 비슷해졌다.

그런 상황에서 그가 드라마 주연까지 맡게 됐다.

태경은 다른 드라마에서 조연급으로 연기한 경험이 몇 번 있긴 하지만 주연 발탁은 처음이었다.

게다가 이번 드라마는 연일 히트작을 내놓는 불패 신화 허지나 작가의 작품이 원작이었다.

여태껏 그녀의 소설을 원작으로 만든 드라마들은 전부 20퍼센트 이상의 시청률을 기록했다.

허지나 작가의 두 번째 작품이자 세 번째로 드라마화된 소설 '전생의 여인' 같은 경우는 무려 42퍼센트의 시청률을 달성하기도 했다.

이번에 태경이 주연으로 발탁된 드라마의 제목은 '마법의 가을'이었다.

마법의 가을은 허지나 작가의 네 번째 작품으로 가장 많은 판매고를 자랑했던 베스트셀러다.

그런 작품이 드라마화된다고 하니 연예계가 크게 들썩였다.

태경의 소속사는 태경이 드라마 주연으로 발탁된 것을 다행으로 여겼다.

수익 때문이 아니었다.

드라마와 예능을 병행하며 바쁘게 뛰면 여자와 염문을 벌일 틈이 없어지기 때문이다.

하지만 정작 태경은 그런 소속사의 속도 모른 채 상대 주연 여배우는 누가 될지만 기대하는 중이었다.

지금도 모든 스케줄을 마치고 돌아온 집, 거실 소파에 누워 스마트폰으로 여배우들을 열심히 검색하고 있었다.

"음… 유애리? 나쁘지 않지. 가슴 크고, 엉덩이 크고, 허리 잘록하고. 그런데 얼굴이 조금 빠지잖아. 한정화? 색기 장난 아닌데… 하룻밤 데리고 놀기에도 딱이고. 근데 얘는 아직 주연급이 아니야. 격 떨어지지."

여배우들의 프로필 사진을 보며 제멋대로 재단을 하던 태경의 머릿속에 갑자기 잊고 있던 얼굴 하나가 떠올랐다.

"하아, 내 눈이 높아진 건 다 너 때문이야, 정미연."

정미연은 불과 세 달 전까지 태경의 여자 친구였다.

지금은 연락도 하지 않는 남남이 되었지만, 종종 그녀가 떠오르곤 했다.

"얼굴, 몸매, 재력, 학력, 배경, 뭐 하나 빠지는 게 없었지."

특히 얼굴과 몸매는 매일같이 태경의 피를 들끓게 만들 정도였다.

어떤 여자든 한 달만 만나면 질려 버리는 태경이었다.

그런데 정미연은 무려 반년 동안이나 만났다.

물론 태경이 그 긴 기간 동안 정미연만 바라본 건 아니었다.

적당히 다른 여자도 만나고 원나잇도 즐겼다.

그러다가 재수 없게 차에서 관계 가지는 걸 들켜 버리는 바람에 관계는 끝이 났다.

하지만 태경은 자신의 잘못은 조금도 없다고 생각했다.

"그게 다 정미연 그년이 한 번을 안 줘서 그런 거라고."

정미연은 태경과 교제하는 동안 그와 도통 잠자리를 갖지 않았다.

그가 사달라고 하던 명품들은 어렵지 않게 척척 사주면서 침대로 끌고 가려 하면 칼같이 거절했다.

"도대체 이유가 뭔지."

그 나이 먹도록 연애를 못 해본 것도 아닐 테고, 처녀는 더더욱 아닐 터였다.

그녀가 자기 입으로 과거 얘기를 한 적은 없었지만 태경은 그렇게 믿고 있었다.

조금만 잘해주면 태경이라는 후광 때문에 쉽게 안을 수 있던 여느 여자들과는 달랐다.

반년을 곁에 두면서 한 번도 정복한 적이 없기 때문일까?

정미연은 과거가 되어버린 여인들 중 유일하게 기억나는 사람이었다.

'그리고 얼굴은 여느 연예인 빰치게 예뻤으니까. 몸매도 탈동양급이고.'

태경이 소파에서 뒹굴거리며 정미연을 검색했다.

그녀의 프로필과 여러 행사장에서 찍힌 사진들이 주르륵 나타났다.

그중 최근 사진들을 살펴보던 태경이 입꼬리를 말아 올렸다.

"그새 더 예뻐졌네. …전화나 한번 해볼까."

태경은 정미연에게 전화를 걸었다.

그가 전에 쓰던 번호는 그녀가 수신을 차단해 버렸다.

지금은 번호를 바꿨으니 정미연의 번호만 그대로라면 연락이 닿을 터였다.

한참 동안 신호음이 울리다가 드디어 상대방이 전화를 받았다.

—네, 정미연입니다.

"여보세요? 미연이?"

—누구시죠?

"서운하네. 벌써 내 목소리도 잊어버렸어? 태경이야."

—꺼져, 쓰레기.

뚝.

태경이 자신을 밝히자마자 통화가 끊어졌다.

태경은 어처구니없는 얼굴로 스마트폰을 바라보다가 피식 웃었다.

"역시 한 성깔 해. 아무래도 이런 식으로 만나기는 힘들 것 같고……."

잠깐 생각을 하던 태경이 매니저에게 전화를 걸었다.

"난데. 정미연 알지? 뷰티연 스타일리스트. 그래, 그래. 나랑 사귀었던 애. 걔 다음 주 스케줄 좀 알아와 봐. 그냥 내가 필요해서 그래. 어려워? 에이, 왜 그래~ 우리 능력자가. 부탁 좀 할게."

전화를 끊고 난 태경은 바로 인상을 구겼다.

"이게 이제 슬슬 기어오르네. 까라면 까는 거지 말이 많아. 에휴, 조만간 갈아 치우든가 해야지."

태경이 스마트폰에 뜬 정미연의 사진을 크게 확대시켰다.

"조만간 만나자, 미연아."

쪽!

그의 입술이 스마트폰의 액정에 닿았다.

* * *

“무슨 전화길래 그렇게 끊어요?”

김두찬은 뷰티미닷컴의 화보 촬영을 마친 뒤 정미연과 함께 그의 밴을 타고 구리로 돌아가는 중이었다.

김두찬의 어깨에 머리를 기대고 있던 정미연이 고개를 저었다.

“별거 아니에요.”

“제가 알면 안 되는 거예요?”

정미연이 잠시 생각에 잠겼다.

그녀가 베고 있던 김두찬의 어깨에서 머리를 뗐다. 그러고는 눈을 바라보며 말했다.

“두찬 씨.”

“네.”

“두찬 씨한테는 괜한 비밀 같은 거 만들기가 싫어요. 그런데 지금 두찬 씨가 궁금해하는 걸 제가 솔직하게 얘기하면 기분이 나쁠 수도 있어요. 그래도 듣고 싶어요?”

남녀 사이에 기분이 나쁠 수도 있는 진실이라 하면 딱 한 가지밖에 없다.

연애 초보인 김두찬도 그 정도는 알고 있었다.

하지만 기분이 조금 상하더라도 둘 사이에 비밀이 없었으면 하는 게 김두찬의 마음이었다.

"네. 듣고 싶어요."

"알았어요. 말해줄게요. 전화 왔던 사람, 전에 사귀던 사람이에요."

"아, 혹시… 저한테 줬던 옷들의 원래 주인이……?"

정미연이 고개를 끄덕였다.

"네. 내 반응 봤으면 알겠지만 쓰레기였어요. 그래도 바뀌겠지, 하면서 만났지만 괜한 짓이란 걸 알고 끝냈죠."

"…그렇군요."

"두찬 씨. 내일 내가 줬던 옷 다시 가져와요."

"네?"

"더 빨리 달라고 했었어야 했던 건데, 깜빡하고 있었네요. 우리가 아무 사이 아니었으면 몰라도 사귀게 된 마당에 전 남자에게서 빼앗은 옷 두찬 씨한테 주는 건 예의가 아니에요."

실제로 김두찬은 정미연과 사귀게 된 이후로 저도 모르게 그녀가 준 옷들을 입지 않고 있었다.

본능적인 거부감이 일었던 것이다.

"네, 그럴게요."

정미연의 말이 구구절절 옳아 김두찬은 쉽게 수긍했다.

"전부 팔아서 어디 기부나 할까 봐요."

"좋은 생각인 것 같네요."

조금은 영혼 없는 대답을 하는 김두찬을 정미연이 새치름하게 쳐다봤다.

"왜, 왜요?"

"두찬 씨가 무슨 생각하는지 알 것 같아서."

"저 아무 생각 안 했는데……?"

"나 그 인간이랑 손만 잡았어요. 뽀뽀, 키스, 잠자리, 아무것도 안 했어요. 사람 되기 전까지는 아무것도 하지 않을 생각이었는데 끝까지 사람 안 돼서 그냥 끝났어요."

"그래요?"

살짝 굳어 있던 김두찬의 얼굴이 밝게 펴졌다.

그 모습이 정미연은 귀여웠다.

길거리만 지나가도 숱한 여인의 마음을 홀리는 남자가 이토록 순수하고 맑을 수 있다니.

쪽!

정미연은 결국 김두찬의 입술에 입을 맞췄다.

놀란 김두찬이 얼른 장 매니저의 뒤통수를 살폈다.

다행히 운전에 집중하느라 아무것도 보지 못한 모양이었다.

"미, 미연 씨, 차 안에서 이러는 건 좀……."

"두찬 씨, 앞으로도 그런 마음 변치 말아요."

정미연이 김두찬의 얼굴을 어루만졌다.

김두찬은 미소 지으며 대답했다.

"그럴게요."

* * *

6월 20일 화요일.

새벽같이 눈을 뜬 김두찬은 식당 나갈 준비를 하는 부모님과 이른 아침을 먹었다.

이후 부모님을 배웅한 뒤, 인터넷 창을 열어 영웅의 노래 게시판에 접속했다.

영웅의 노래는 꾸준히 18만의 평균 조회 수를 유지하며 순항 중이었다.

오늘 자정이 넘은 시간에도 영웅의 노래는 10편이 올라왔다.

김두찬은 유료 연재로 전환한 이후 꾸준히 10연참을 때려왔다.

덕분에 지금은 무료 연재 30화에 유료 연재 160화를 더해 190화까지 연재가 된 상태였다.

권수로는 9권 정도였다.

영웅의 노래의 첫 연재일이 5월 27일이었다.

즉, 김두찬은 한 달이 안 되는 시간 동안 무려 9권 분량의 글을 적어낸 것이다.

그야말로 사람이 아니라 머신 같은 속도였다.

이제 10일만 지나면 유료 연재 결산일이 찾아온다.

과연 얼마나 많은 돈이 통장에 지급될지 기대하며 게시판을 닫았다.

* * *

학교를 마친 김두찬은 예지우와 함께 밴을 타고 강남으로 향하는 중이었다.

"신세져서 미안해요, 두찬 후배."

김두찬의 옆에 앉아 있던 예지우가 말했다.

"아뇨, 신세라고 할 것까진 없어요. 어차피 같이 가야 하는 자린데요."

김두찬은 오늘 저녁 예몽진과 미팅이 잡혀 있었다.

몽중인의 시나리오 초고가 완성되어 가고 있으니 각각의 배역에 어떤 배우들을 매치하면 좋을지에 대해 이야기를 나누어보기 위해서였다.

그리고 그 자리에 예몽진 감독의 딸인 예지우도 함께하게 됐다.

예지우는 예몽진의 영화에 엑스트라로 몇 번 출연한 경험이 있었다.

물론 자의는 아니었다.

예몽진이 자기 딸에게 현장 경험을 일찍부터 시켜주기 위해서 억지로 데려간 것이었다.

그런데 이번에는 그녀가 먼저 엑스트라라도 좋으니 몽중인에 출연시켜 달라 말을 했다.

그만큼 예지우는 몽중인의 팬이자 김두찬의 팬이었다.

딸내미가 그렇게까지 열정을 보이니 예몽진은 조금 더 비중이 있는 역을 주고 싶었다.

그래서 겸사겸사 얘기를 함께 나눌 겸 같이 보자고 한 것이다.

두 사람은 오후 7시가 조금 넘어서 약속했던 일정식집에 도착했다.

예몽진은 미리 와서 방에 들어가 둘을 기다리는 중이었다.

"늦어서 죄송해요, 예 감독님."

"오래 기다렸어요, 아빠?"

두 사람이 예몽진의 맞은편에 앉으며 물었다.

"아니요, 김 작가님. 저도 금방 왔소이다! …근데 지우야. 너는 왜 거기 앉냐? 내 옆으로 와야지."

"어디 앉으면 어때요. 그것보다 일 얘기나 해봐요. 아빠는 생각해 둔 배우들 있어요?"

"음… 주연 여배우는 플레이 인 소속 서여름이 딱일 것 같다. 태산 형님이랑도 얘기해 봤는데 서 배우도 몽중인을 아주 재미있게 읽은 터라 기회만 준다면 무조건 할 기세라더라."

"남자 주연은요?"

"한정석이랑 김채윤 정도?"

"나쁘지 않네요. 소설 속 중인의 이미지랑도 제법 매치가 되고."

"그렇지? 아, 그나저나 김 작가님."

"네?"

지금까지 열거된 배우들의 얼굴을 떠올리며 이미지를 맞춰 보던 김두찬이 갑작스런 부름에 흠칫했다.

예몽진은 그런 김두찬을 보며 의미심장한 미소를 흘렸다.

"혹시 김 작가님은 영화 출연 욕심 없소?"

"영화 출연이요? 제가요?"

"마스크 좋고, 몸 좋고, 목소리에 딕션까지 좋으니 연기만 조금 되면 대사 몇 마디 있는 배역으로 들어가도 될 것 같은데. 어떻소?"

김두찬은 갑자기 어안이 벙벙해졌다.

* * *

"생각 있소?"

예몽진이 은근하게 재차 물었다.

'영화 출연. 연기를 해야 한다는 건데…….'

커다란 배역이 아니라 지나가는 역할 정도라면 나쁘지 않을 것 같았다.

무슨 일이든 한 번은 경험을 해보는 것.

채소다에게 배운 작가적 욕심이 고개를 들었다.

"대사가 많지 않은 단발성 인물이라면 한번 해보겠습니다."

김두찬이 긍정적 반응을 보이자 예몽진의 얼굴에 화색이 돌았다.

"의외로 시원시원한 면이 있으십니다? 하하하! 좋습니다. 제가 딱 좋은 배역을 구상해 보도록 하겠습니다. 지우야. 너는 맡고 싶은 배역 있니?"

"주조연급 바로 아래 정도면 괜찮겠네요. 그런데 이건 순전히 제 욕심이고 제대로 오디션 볼 테니까 관계자분들과 회의해서 합당한 배역 주세요."

"역시 내 딸, 스웨그 하나는 알아줘야지. 그리하마. 그럼 나머지 배역들에 대해서도 얘기를 나눠보도록 하시지요. 혹시 작가님께서 따로 염두에 둔 배우가 있으시오?"

"아, 저는……."

이후로 세 사람은 열띤 토론을 벌이며 식사를 했고, 3시간이 흘러서야 대화가 마무리됐다.

그리하여 나온 최종 후보는 여주인공 지연 역에 1순위 서여름, 2순위 정은지, 꿈속 남주인공 중인 역에 1순위 지우민, 2순위 김채윤, 현실 속 남주인공 석현 역에 1순위 정태조, 2순위 김한결이었다.

나머지 조연급들도 한 명씩 후보를 뽑았다.

물론 이건 감독이 원작자의 의견을 구한 것뿐이다.

그래서 막상 작업에 들어가면 배우는 얼마든지 바뀔 수 있었다.

하지만 예몽진은 여건이 되는 한, 최대한 오늘 이 자리에서 나온 배우들로 픽스시킬 생각이었다.

예몽진이 단순히 김두찬을 좋아하기 때문에 이런 결정을 내린 건 아니다.

그는 프로다.

일을 하는 데 사감을 넣지 않는다.

김두찬과 자리를 마련한 건 원작자가 생각하는 캐릭터의 이미지도 중요하기 때문이다.

한데 김두찬이 언급한 배우들은 하나같이 연기파에 인지도가 제법인 데다가 인간성 좋기로 소문난 이들이었다.

한마디로 충무로 바닥에서 영화 관계자들이 가장 선호하는 배우들만 집어낸 것과 다름없었다.

"김 작가님. 혹시 충무로 바닥에 연줄이 있소?"

"아니요. 저는 예 감독님이 전부예요."

"그런데 어떻게 이런 알짜배기 배우들만 선택했소? 사람 보는 눈썰미가 제법이오! 하하하!"

잘못 짚었다.

김두찬의 눈썰미가 아니라 운이 한 일이었다.

그의 전신에 가득 차다 못해 흘러넘치는 운은 영화가 배우 때문에 엎어지는 일이 없도록 안전한 인물들만 지목하게끔 만들었다.

게다가 흥행 성적도 확실한 배우들이었다.

예몽진의 입장에서는 거절할 이유가 없었다.

"그럼 오늘은 이쯤에서 파하기로 합시다. 조만간 또 연락드리겠소, 김 작가님."

"네. 오늘 즐겁고 유익했습니다. 들어가세요, 감독님. 지우 선배도 조심히 들어가세요."

"그래요, 두찬 후배. 학교에서 봐요."

세 사람의 미팅은 그렇게 끝이 났다.

김두찬이 먼저 방에서 나가자 예몽진과 예지우, 둘만 방에 남게 됐다.

그러자 예몽진이 눈을 가늘게 뜨고 딸에게 물었다.

"지우야. 너 혹시 김 작가한테 호감 있냐?"

그에 예지우는 시원하게 인정했다.

"응."

"뭐?"

딸아이의 당돌한 대답에 오히려 예몽진이 당황했다.

"근데 이성 말고. 작가로서의 두찬 후배한테 관심이 있어요."

"선망의 대상이 이성일 경우, 정신을 차려보면 애정이라는 녀석이 자라나기 마련이다."

"그렇게 되면 이성으로서도 좋아해야죠."

"뭐가 이렇게 쿨하냐?"

"인생 한 번뿐이잖아요. 복잡하게 살면 안 돼요. 즐겨야지."

예몽진은 더 이상 할 말이 없었다.

지금 예지우의 입에서 튀어나온 얘기는 예몽진의 입버릇이었기 때문이다.

"근데 김 작가한테는 애인이 있다, 지우야. 아주 강력한 수문장이라 골 넣기 쉽지 않을걸?"

"에이, 왜 이래요? 내가 애인 있는 남자 빼앗는다고 한 것도 아닌데. 만약 좋아하는 마음이 생겼는데 애인이 있으면 고백이라도 한번 해보는 거죠. 상대방이 정말 애인을 사랑한다면 난 차일 테고, 그게 아니라면 기회가 오는 거고. 무튼 이것도 다 일어날지 말지 알 수 없어요. 난 아직 두찬 후배 이성으로 안 보니까. 내 상태는 언제나 카르페 디엠(Carpe diem).”

카르페 디엠.

라틴어로 ‘현재 이 순간에 충실하라’는 뜻이다.

점점 더 당돌해지는 딸의 말에 결국 예몽진은 웃음이 터졌다.

“아하하하! 그래, 네 맘대로 해라. 인생 즐겨야지. 일어나자.”

예몽진이 예지우의 어깨를 두드렸다.

인생은 축제여야 하는데 숙제만 하다 가는 이들이 너무나 많았다.

예몽진은 자신의 딸도 그런 삶을 살기를 바라진 않았다.

* * *

6월 22일과 23일은 태평예술대학의 축제 기간이었다.

시나리오극작과에서는 1학년들이 주점을 열었다.

김두찬은 당연히 홀에서 서빙을 담당하게 됐다.

덕분에 주점은 여자 손님들로 대호황이었다.

그러나 그것도 잠깐.

주점에서 판매하고 있는 안주가 하나같이 맛이 별로였다.

그래서 축제 마지막 날인 23일엔 두 시간째 파리만 날리는 중이었다.

안주가 엉망이라는 소문이 나버린 데다가 김두찬이 뷰티미닷컴 촬영 스케줄로 부재중이기 때문이었다.

본래 이벤트 주점이라는 것이 첫째 날은 얼굴 보고 들어와도 둘째 날은 맛을 기억해서 돌아오는 법이다.

하지만 워낙 김두찬 효과라는 게 있어서 맛이 없어도 한 번쯤 더 들어올 법했는데, 그가 빠져 버렸으니 앙꼬 없는 찐빵이었다.

그렇다고 없던 요리 실력이 갑자기 느는 것도 아니었다.

1학년 중엔 하나같이 요리를 제대로 할 줄 아는 사람이 아무도 없었다.

아니, 사실 있었다.

김두찬에게 요리라는 능력을 얻게 해준 장재덕이었다.

하지만 장재덕은 귀찮은 일을 하는 게 싫었다. 그래서 본인의 요리 실력을 철저하게 숨겼다.

결국 1학년들은 2학년 선배들에게도 도움을 청했으나 과대 공상천에게서 들려온 대답은 '요리 잘하는 사람이 있었으면 너희한테 안 맡겼어'였다.

그나마 졸업생들 중에서는 손맛 좀 낼 줄 아는 사람이 몇 있었지만 그 밑에 2학년과 지금의 1학년들은 전멸이었다.

이래서는 하루를 통으로 공칠 판이었다.

그때 반가운 소식이 들려왔다.

"두찬이 온다!"

촬영 일을 마친 김두찬이 돌아오고 있었다.

그는 헐레벌떡 뛰어 천막 주점 안으로 들어섰다.

"늦어서 미안해."

그런 김두찬의 곁으로 동기생들이 몰려들었다.

"야, 너 없으니까 파리만 날린다. 우리 과 여자애들 이래서 시집가겠냐?"

"뭐야, 그 남녀 차별적 발언은? 여자만 요리 잘하라는 법 있어?"

"자자, 싸우지들 말고! 두찬이 왔으니까 다시 영업 개시해 보자!"

동기생들 사이에 몇 마디 오간 대화를 듣고 난 김두찬이 사태를 파악했다.

'역시 맛이 영 아니었어.'

1학년 학생들이 시험 삼아 만들었던 안주를 먹어본 결과 김두찬의 레시피북에 떠오른 등급은 평균 E-였다.

맛있다, 없다를 떠나서 요리를 못하는 수준이었다.

하지만 김두찬이 그것을 수정해 줄 시간은 없었다.

워낙 바빠서 축제 준비 기간 동안 함께하지 못하고 당일 맛을 봤기 때문이다.

게다가 동기들은 김두찬을 당연히 주방이 아닌 홀에다 배

정해 두었다.

이미 완성된 룰이 존재하는 것이다.

김두찬은 그 룰을 깨기 싫었고, 기껏해야 학교 축제인데 크게 신경 쓸 필요 있나 싶어 관여하지 않았다.

아울러 첫째 날엔 요리가 엉망임에도 제법 손님이 들어와서 별문제가 없었다.

그런데 이제 문제가 터지기 시작했다.

이미 분위기가 끊겨 버린 시나리오극작과의 주점에는 김두찬이 돌아왔음에도 걸음을 하는 손님이 없었다.

가끔 김두찬의 외모에 홀린 여자 손님 몇 명이 들어왔다가 술 한 잔만 먹고 안주에 질려 나가 버리는 경우가 대부분이었다.

그럴수록 1학년과 상황을 보러 온 2학년의 얼굴을 우중충해졌다.

남들만 축제고 이곳은 장사를 지내는 분위기였다.

결국 김두찬이 나서기로 했다.

그가 주방을 맡은 여학생들과 과대에게 다가가 말했다.

"저기… 혹시 문제가 되지 않는다면 주방을 내가 맡아도 될까?"

그 말을 들은 동기생들은 모두 눈을 크게 깜빡였다.

과대 최영준이 고개를 모로 꺾었다.

"두찬이 네가?"

"응."

"요리 좀 할 줄 알아?"

김두찬은 대답 대신 도마 위에 놓인 식칼을 들고 껍질이 벗겨진 양파 하나를 썰었다.

탁! 탁! 타타타타타탁!

그의 손이 번개같이 움직였다.

순식간에 난도질당한 양파는 작은 크기로 수십 조각이 났다.

탁!

김두찬이 식칼을 다시 도마 위에 놓았다.

이를 본 동기생들이 환호하며 박수를 쳤다.

그의 칼 솜씨는 마치 텔레비전에서만 보던 셰프의 그것과 똑같았다. 결코 일반인의 실력이 아니었다.

"두찬아! 혹시 요리도 배웠어?"

"그냥 집에서 취미로 했어. 칼, 내가 잡아도 돼?"

"도마 위에서 난타를 때려놓고 뭘 물어? 네가 해!"

어차피 더 이상 망가질 것도 없었다.

동기들은 김두찬에게 메인 셰프 자리를 넘겼다.

김두찬은 주방의 재료들을 파악했다.

메인 메뉴로 밀었던 파전과 돼지고기 숙주 볶음이 하나도 나가지 않아 차고 넘칠 지경이었다.

김두찬은 그 두 가지 메뉴를 빼버리기로 했다.

대신 오코노미야끼를 새 메뉴이자 메인 메뉴로 집어넣었다.

파전과 돼지고기 숙주 볶음에 들어가는 재료를 잘 믹스하면 훌륭한 오코노미야끼가 탄생할 수 있었다.

나머지 안주거리는 골뱅이 무침과 어묵탕, 라면이었다.

골뱅이 무침은 그대로 두기로 했다.

어차피 양념장 맛만 잘 맞추면 어떤 재료가 들어가도 맛있는 메뉴니까.

어묵탕과 라면은 하나로 통합해서 어묵 라면으로 만들었다.

김두찬이 새로 만든 메뉴들을 동기들이 다시 적어 내걸었다.

그리고 호객 행위를 시작했다.

처음에는 소문만 듣고 들어오기를 망설이던 학생들 몇 명이 오코노미야끼를 메인으로 팔고 있다기에 속는 셈치고 들어왔다.

그에 김두찬은 레시피북에 기억된 고급 이자까야의 일품 오코노미야끼 맛을 최대한 재현해서 내놓았다.

이를 맛본 손님들은 바로 감탄하며 엄지를 치켜세웠다.

그들은 이미 오코노미야끼를 먹는 순간 세 번을 놀라는 중이었다.

김두찬의 얼굴에 한 번, 그의 현란한 요리 솜씨에 두 번, 그 맛에 세 번이었다.

오코노미야끼 맛에 흠뻑 반한 그들은 골뱅이 무침과 어묵 라면까지 주문했다.

그것들 역시 대박이었다.

입안에서 맛의 향연이 벌어졌다.

그들의 테이블에 술병이 빠르게 늘어갔다.

그러자 점점 한두 테이블씩 손님이 들어서기 시작했다.

당연한 얘기지만 김두찬의 음식은 주점을 찾은 단 한 명의 손님도 실망시키는 일이 없었다.

결국 파리만 날리던 주점은 김두찬이 주방을 맡은 지 두 시간도 채 지나지 않아 어제보다 더한 호황을 누리게 됐다.

그러나 이 성공의 한편에는 주로미의 도움도 있었다.

김두찬이 주방으로 빠져 버리자 홀에서는 주로미가 얼굴마담이 됐다.

어제는 여학생들만 종일 들어왔다면 오늘은 남학생들의 비중이 조금 더 많았다.

그중에는 연기과 홍근원의 모습도 보였다.

홍근원은 같은 과 사내놈 두 명과 함께 주점에 들어왔다.

그리고 술을 먹는 내내 주로미에게 애틋한 시선을 던졌다.

하지만 서빙하느라 정신이 없던 주로미는 아무것도 모르고 있었다.

그녀의 시선은 오히려 짬이 조금씩 날 때마다 김두찬에게 향했다.

이미 김두찬은 그녀와 다른 세상에 있는 사람이었다.

그래서 마음을 접는다고 노력했지만 그게 쉬운 일은 아니었다.

멀리 있는 김두찬보다 가까이서 잘해주려는 홍근원에게 흔들린 적도 종종 있었다.

차라리 홍근원 같은 사람이 자신을 더 사랑해 줄 수 있지 않을까, 라는 생각도 들었다.

하지만 아무리 다잡은 마음도 김두찬의 얼굴을 보면 다시 흔들려 버리고 말았다.

그런 자신에 비해 김두찬은 너무나 아무렇지 않게 하루하루를 지내는 것 같아, 그것 역시 가슴이 아팠다.

결국 '김두찬에게 나는 아무것도 아니었나?' 하는 야속함이 들기도 했다.

다행히 오늘은 정신없이 바쁜 덕에 그런 생각을 덜할 수 있었다.

*　　*　　*

어느덧 밤이 내리고 자정이 넘어갔다.

이제 주점도 한 시간 내로 마감을 해야 했다.

줄곧 만석이던 주점 내 테이블에 중간중간 빠진 곳이 보였다.

김두찬을 비롯한 시나리오극작과 학생들은 그제야 겨우 한숨 돌리고 있었다.

그때였다.

주점 안으로 여자 손님 한 명이 들어섰다.

"어서 오세요~!"

마침 입구 근처의 빈 테이블을 치우던 장재덕이 크게 인사를 했다. 그에 모든 이의 시선이 여자 손님에게 집중됐다.

대단한 미인이었다.

단적으로 얘기해 어지간한 여자 탤런트들은 그녀 앞에서 명함도 내밀지 못할 정도였다.

어느 누구의 주관적 생각이 아니었다.

여인을 본 모두의 생각이 같았다.

조금 전까지만 해도 고된 노동에 지쳐 쓰러져 가던 남자들의 눈에 생기가 돌았다.

여자들은 질투와 시샘보다는 경외에 찬 시선으로 그녀를 바라보았다.

여인은 얼굴과 몸매가 완벽한 데다 패션 센스까지 최고였다. 거기에 함부로 다가가거나 막대하기 힘든 묘한 기운이 풍겼다.

아무것도 안 하고 그저 주점 안에 들어선 것뿐인데 존재감이 어마어마했다.

테이블에 앉아 시끄럽게 떠들던 손님들도 일제히 그녀에게 시선을 빼앗겨 입을 다물었다.

지금 이 순간만큼은 주로미마저도 눈에 들어오지 않을 정도였다.

이상한 정적이 이는 와중 여인이 장재덕에게 물었다.

"여기 시나리오극작과 주점 맞죠?"

"네, 맞습니다!"

"남자 친구 보러 왔는데."

여인의 말에 사람들의 시선이 바빠졌다.

누가 그녀의 남자 친구인지 찾아내기 위해 사방을 살폈다.

그때, 여인의 시선이 주방 쪽으로 향했다.

그녀가 어딘가를 가리켰다.

"저기 있네요, 내 애인."

장재덕의 시선이 여인의 손가락 끝을 따라 움직였다.

거기엔 김두찬이 서 있었다.

"…두찬이요?"

"맞아요."

맞다는 짧은 대답에 주점 안이 벌컥 뒤집어졌다.

특히 주로미의 눈동자가 심하게 떨려왔다.

여인의 얼굴을 확인한 김두찬이 놀란 와중에도 반갑게 물었다.

"미연 씨, 여긴 어쩐 일이에요?"

정미연이 주방 가까이에 있는 테이블로 다가와 앉았다.

그리고 테이블 위에 한쪽 팔을 올린 뒤, 거기에 턱을 괴고서 나른한 음성으로 대답했다.

"보고 싶어서."

그에 상황을 지켜보던 누군가가 나직이 말했다.

"대박… 누군가 했더니 스타일리스트 정미연이었어……."

그 말에 주점 안이 또 한 번 뒤집어졌다.

*　　*　　*

검은색 밴 한 대가 도로 위를 달리고 있었다.

그 안에는 늦은 시간까지 드라마 대본 리딩을 마치고 숙소로 귀가하는 태경과 운전을 하는 매니저가 타고 있었다.

태경은 어제, 매니저가 구해온 정미연의 스케줄을 살피며 콧노래를 흥얼거렸다.

"흐응~ 내일 저녁에 패피스 잡지 모델 촬영이 있네, 우리 미연이. 주용아."

한주용.

태경의 매니저 이름이었다.

"네, 형."

"나 내일 스케줄 뭐 있니?"

"낮에 라디오 게스트 말고 없어요."

"그래? 그럼 패피스나 가자."

"잡지 회사요?"

"응."

한주용은 태경의 속내를 바로 알아챘다.

정미연의 스케줄을 알아다 준 게 본인이니 내일 저녁 그녀가 패피스 사무실에 촬영 일로 들른다는 걸 알고 있었다.

마음 같아서는 뜯어말리고 싶었다.

드라마 촬영 들어가기 전까지 어떠한 사고도 쳐서는 안 되기 때문이다.

하지만 말을 한다고 들어먹을 태경이 아니었다.

결국.

"알았어요."

한주용은 정해져 있던 대답을 내놓았다.

* * *

주점 안은 정미연에게 모든 관심이 집중되어 있었다.

이미 손님들은 다 나가고 1학년과 2학년이 주점을 정리하는 중이었다.

그동안 정미연은 어묵 라면을 주문해 놓고 혼자서 소주를 세 병이나 비우고 있었다.

그럼에도 전혀 흐트러진 모습이 보이지 않았다.

과연 명불허전 어마어마한 주당이었다.

남자들은 그런 정미연에게 넋을 빼앗겼다.

주점 정리를 하는 와중에 계속해서 힐끔거리며 그녀에게 시선을 주었다.

'아, 두찬이 부럽다.'

장재덕이 진심으로 김두찬을 부러워했다.

그건 다른 남자들 역시 마찬가지였다.

어떻게 하면 저런 미인이 자기 남자 친구를 보겠다고 여기까지 찾아올 수 있는 걸까?

그 물음에 대한 답은 한 가지로 귀결됐다.

'남자 친구가 두찬이니까.'

김두찬의 사기적인 외모와 스펙을 보면 충분히 그럴 만했다.

하지만 정미연은 절대 김두찬의 조건을 보고 마음이 간 건 아니었다.

그의 내면에 반한 것이었다.

주점 정리가 거의 끝나갈 무렵 정미연은 어묵 라면과 소주 세 병을 싹 비웠다.

오늘 너무 바빠 한 끼도 제대로 못 챙겼더니 허기가 상당했던 터였다.

어묵 라면은 그녀의 부탁에 1회용 용기에 나왔고, 소주잔도 종이컵이라 쓰레기통에다 버리면 그만이었다.

배는 고팠지만 주점을 마무리하는 데 방해하고 싶지 않아서였다.

"오케이. 나머지 자잘한 것들은 내일 마저 정리하기로 하고, 오늘은 손 놓자. 다친 사람이나 어디 아픈 사람 없지? 다들 고생 많았다. 뒤풀이 가서 시원하게 한잔하자. 어차피 차도 끊겼으니까 첫차 타고 들어가는 걸로."

축제가 끝난 뒤, 주점에서 번 돈으로 과 사람들끼리 한잔하는 건 당연한 수순이었다.

1학년생들도 사전에 통보받은 터라 불만 가지는 사람은 없었다.

정 사정이 안 되는 학생은 차가 끊기기 전 미리 집으로 돌려보내 줬다.

지금까지 남은 이들은 첫차를 타고 가도 문제없다는 것이다.

"아, 두찬이는 어떻게 할래?"

공상천이 김두찬에게 물었다.

"네? 뭘요?"

"여자 친구분 오셨잖아. 둘이 시간 보내야 하는 거 아니야?"

"아……."

김두찬의 입장이 조금 난감해졌다.

그가 선뜻 대답을 못 하자 공상천이 피식 웃었다.

"뭘 고민해? 뒤풀이 가는 거 강요 아니야. 새벽 첫차 시간까지 밖에서 헤매기 애매하니까 모이는 거지."

그때 정미연이 입을 열었다.

"그래도 같은 과 동기들끼리 고생했는데 함께 회포를 풀어야 마땅하지 않겠어요? 저도 대학 다닐 때 주점 열어봐서 알아요. 두찬 씨, 뒤풀이 가세요."

"미연 씨."

사실 김두찬은 정미연과 함께 있고 싶었다.

그녀도 김두찬도 서로 너무 바빠 뷰티미닷컴의 촬영 날이 아니면 얼굴도 못 볼 때가 많았다.

게다가 이렇게 찾아온 정미연을 그냥 보내 버리면 맘이 편치 않을 듯했다.

그래서 어지간하면 양해를 구하고 정미연과 같이 있는 쪽으로 생각을 굳혔다.

한데 정미연의 입에서 예상도 못 했던 말이 튀어나왔다.

“그리고 실례가 되지 않는다면 제가 같이 가도 될까요?”

“미연 씨가요?”

공상천이 놀라 물었다.

이미 정미연이 누군지에 대해서는 파악이 끝난 상태였다.

그녀는 남학생들보다 여학생들에게 더 인지도가 많았다.

근래 핫한 스타일리스트니 그럴 만도 했다.

아무튼 그런 사람이 뒤풀이 자리에 함께한다니 공상천은 내심 놀랐다.

아울러 남학생들은 물론, 여학생들까지 기대하는 눈빛을 공상천에게 던졌다.

“네. 뒤풀이는 제가 살게요.”

“허.”

누군가 낮은 탄성을 뱉었다.

함께 자리를 하는 것으로 모자라 계산까지 하겠단다.

정미연이 작정하고 김두찬을 띄워주고 있었다.

공상천은 무뚝뚝하긴 하지만 고리타분하거나 고지식과는 거리가 멀었다.

게다가 유난히 김두찬에게는 관대했다.

그가 김두찬의 옆구리를 툭 쳤다.

"좋겠다, 두찬아. 멋진 애인 둬서."

"허락이네요?"

정미연이 물었고 공상천이 고개를 끄덕였다.

"허락이고 자시고가 있겠어요? 함께 자리해 주시는 것만 해도 영광이죠. 그럼 가시죠."

"와우! 과대 시원시원하다!"

"사랑합니다, 선배님!"

"대박… 정미연이랑 술 마셔."

시나리오극작과 학생들은 정미연과 함께 뒤풀이를 하기 위해 이동했다.

정미연은 김두찬과 팔짱을 하고서 나란히 걸어갔다.

두 사람의 모습은 그대로 화보였다.

지나가는 모든 사람들의 시선이 그들에게 한 번씩 머물렀다가 지나갈 정도로.

부러움과 시샘 가득한 시선 속에 유난히 슬픈 눈동자가 보였다.

* * *

뒤풀이 자리가 끝난 후, 김두찬은 밴을 타고 정미연의 집으로 향했다.

어제 일찌감치 집으로 들어가 쉰 장대찬이 새벽같이 일어나 그를 태우러 온 것이다.

정미연의 집에 들어와 샤워부터 마친 두 사람은 나란히 침대에 누웠다.

"아깐 진짜 놀랐어요."

김두찬이 주점에서의 일을 회상하며 말했다.

정미연은 뒤풀이에서 소주 네 병을 더 마셨음에도 많이 취한 모습은 아니었다.

다만 풍기는 기운이 조금 더 농염해졌다.

"나도 내가 보고 싶다고 그렇게 찾아갈 줄은 몰랐어요."

"사귀면 다 이렇게 잘해줘요?"

"그럴 가치가 있는 사람한테만."

그 말을 듣자마자 김두찬은 얼마 전 시상식 뒤풀이 자리에서 정태산이 했던 말이 떠올랐다.

그는 자신의 딸이 한 번도 제대로 된 남자를 만난 적이 없었다고 했다.

"혹시 내가 처음?"

김두찬의 은근한 물음에 정미연이 픽 웃으며 머리를 쓰다듬어 주었다.

"안 믿을지 몰라도 맞아요. 그리고 다른 의미로도 처음이고."

“다른 의미? 혹시……!”

정미연이 놀라서 말을 내뱉으려던 김두찬의 입을 얼른 틀어막았다.

그녀의 입술로.

갑작스러운 키스에 김두찬은 황홀경에 빠져 눈이 풀렸다.

진한 키스가 끝난 뒤, 정미연이 김두찬의 입술을 닦아주며 말했다.

“반은 맞고 반은 틀렸어요. 그렇게 대단한 밤은 처음이었다는 얘기.”

“아… 네. 근데 대단하다는 게 뭔지 잘 모르겠어요. 나야말로 미연 씨가 처음이었으니까.”

“난 처음은 아니지만 그렇게 경험이 많고 능숙한 여자는 아니에요. 남자한테 한눈팔 시간이 별로 없었어요. 지금처럼 난 항상 바빴거든요. 어렸을 때부터 무언가를 하지 않으면 안 된다는 강박 같은 게 있었어요. 어떻게든 잘난 사람이 되고 싶었어요.”

“네? 미연 씨 같은 사람이 왜…….”

“그런 생각 할까 봐서요.”

“……?”

“저는 흔히들 말하는 금수저가 맞아요. 싫었던 건, 금수저 물고 태어났으니 아무것도 하지 않아도 충분히 먹고살 수 있을 거라는 편견이었죠. 나는 그냥 난데, 자꾸 나보다는 내 배경을 보는 게 진력이 났어요. 그래서 쉬지 않고 배우고 익혔어요. 내가 오롯이 나 자신으로 보일 수 있게."

이후로 이어지는 정미연의 얘기는 이랬다.

어려서부터 그녀는 평범한 수준의 용돈 말고는 받아본 적이 없었다.

다른 금수저 집 자식들처럼 호화스러운 생활도 하지 않았다.

그러면서 공부도 운동도 노는 것도 열심이었다.

아르바이트가 가능해진 나이부터는 어떤 일이든 닥치는 대로 뛰어들어 돈을 벌었다.

그렇게 모은 돈은 다른 데 쓰지 않고 차곡차곡 모아 자신이 배우고 싶은 학원의 등록비로 사용했다.

대학 등록금 역시 받지 않았다.

2년제 대학에 입학한 그녀는 장학금을 받든, 일을 해서 벌어 내든 자기가 전부 알아서 해결했다.

대학을 졸업하고 나서는 그녀의 엄마가 사장으로 있는 뷰티연에 들어와 스타일리스트 일을 배웠다.

공짜로 배우라는 걸 그녀는 기어코 수강료를 냈고 1년 동안 누구보다 열심히 공부했다.

그러다 1년이 더 지난 뒤엔 전부터 관심이 있던 옷과 관련된 장사를 하고자 뷰티미닷컴을 오픈했다.

그게 23살의 일이었다.

이후부터는 모든 일이 잘 풀려 나가며 승승장구했고 지금에 이르게 된 것이다.

정미연이 태경에게 사준 명품 옷도 그녀의 부모가 번 돈에 손을 댄 게 아니라 스스로 번 돈을 썼던 것이다.

"…그렇게 바쁘게 살다 보니 남자들은 저랑 연애를 해도 소속감 같은 게 별로 없었나 봐요. 자주 못 만나면 어느샌가 바람을 피우고 있더라고. 다들 인물로는 어디 가서 빠지지 않았었거든."

"그랬군요."

김두찬은 몰랐던 정미연의 새로운 모습에 감탄했다.

배경에 의지하지 않고 순수한 자신을 내세우기 위해 끊임없이 노력해 온 그녀의 삶은 존경스러울 지경이었다.

알면 알수록 좋아하지 않을 수가 없는 여인이었다. 정미연은.

김두찬이 그녀를 빤히 바라보자 정미연이 풋 하고 웃었다.

"왜 그렇게 봐요?"

"대단한 것 같아서요."

"내 말 전부 믿어요?"

"네."

"신기하네. 대부분 믿지 않던데. 내가 괜히 있어 보이려고, 혹은 일반인 코스프레 하기 위해서 지어낸 말 아니냐고 하는 사람도 있었어요. 말이 참 웃기죠? 나는 일반인이 아니면 뭘까요?"

"심성이 배배 꼬인 사람들이 많은 것 같아요."

"이번엔 두찬 씨 얘기도 들려줘요. 어떻게 살았어요?"

"저는……."

김두찬은 정미연에게 자기의 과거사를 전부 들려주었다.

힘들게 살았던 가족에 관한 것, 친구 없이 홀로 지내며 늘 피해 의식과 패배감에 살았던 본인에 관한 것.

물론 인생 역전에 관한 것들은 감췄다.

정미연은 사뭇 진지한 표정으로 김두찬의 말을 들으며 적당한 부분에서 추임새를 넣어주었다.

상대방이 나에게 온전히 집중하고 사랑스러운 시선으로 날 보며 내 말을 경청해 주는 것.

그게 이렇게 기분 좋은 일인지 김두찬은 몰랐다.

신이 나서 열심히 떠들다 보니 1시간이 흘러갔고, 그 시점에서 김두찬의 과거 이야기도 끝이 났다.

이를 듣고 난 정미연이 김두찬의 뺨을 어루만졌다.

"두찬 씨도 나랑 같네요."

"제가요?"

"사람은 겉으로 보이는 게 다가 아닌 거야, 그렇죠? 누구는 말하겠지. 세상 혼자 사는 외모 가지고 태어났으면서 무슨 피해 의식과 패배감이 있겠냐고. 근데 그럴 수 있는 거잖아."

김두찬은 정미연의 진심이 고마워 자신의 과거를 솔직하게 말한 것뿐이다.

그런데 그것을 정미연이 살짝 오해해서 받아들였다.

마음 한편이 조금 불편했다.

다행스럽게도 정미연은 그 주제를 가지고 오래 대화를 끌고 가지 않았다.

대신 더 당황스러운 질문을 던졌다.

"그런데 두찬 씨는 그날 밤, 내가 얼마나 즐겁고 행복했고, 만족스러웠는지 몰랐어요?"

"네? 아… 네."

대답을 하는 김두찬의 얼굴이 붉어졌다.

"밤새 했는데?"

"…네."

그냥 말 그대로 정신이 하나도 없었다.

첫 경험이란 머리가 아닌 가슴에 기억이 더 또렷이 남는 것 같았다.

어떠한 행위보다는 서로 하나가 되었다는 느낌이 더욱 크게 박혀 있었다.

정미연이 호기심 가득한 얼굴로 김두찬을 쳐다보자, 그가 시선을 다른 곳으로 돌렸다.

그에 정미연의 붉은 입술이 아름다운 호를 그렸다.

그녀가 김두찬의 귀에 나직이 속삭였다.

"그럼 오늘 다시 해봐요."

"지금… 요?"

"싫어요?"

"좋아요!"

김두찬이 크게 대답해 놓고서 스스로 놀라 입을 다물었다.

"아하핫!"

그 귀여운 모습에 정미연의 입에서 시원한 웃음이 터져 나왔다.

김두찬이 그런 정미연의 입에 키스를 했다.

이내 두 사람은 누가 먼저랄 것도 없이 엉켜 서로의 몸을 탐닉했다.

* * *

정미연과 맞는 두 번째 아침은 느낌이 또 달랐다.

그전에는 그저 새롭고 설레었다면 지금은 포근하고 행복했다.

김두찬은 정미연보다 먼저 일어나 냉장고에 있는 재료들로 아침을 준비했다.

음식이 다 준비되었을 즘 정미연은 눈을 떠 식탁으로 다가왔다.

“타이밍이 좋네요.”

“바빠서 하도 끼니를 못 챙기다 보니 음식 냄새 맡으면 본능적으로 눈이 떠지나 봐요.”

정미연이 눈을 비비며 대답했다.

김두찬이 식탁에 앞 접시와 포크, 스푼을 세팅한 뒤 냄비를 올려놓았다.

냄비 뚜껑을 열어본 정미연의 얼굴에 화색이 돌았다.

“스튜네요?”

소고기 토마토 스튜였다.

“해장하라고 조금 얼큰하게 만들었어요.”

“맛있겠다.”

정미연이 국자로 스튜를 크게 떠서 앞 접시에 담고는 한 숟갈 떠먹었다.

“어머.”

그녀가 눈을 동그랗게 떴다.

“맛있어요?”

“엄청. 어제 어묵 라면도 진짜 맛있었어요. 두찬 씨 음식 솜

씨 상당하네요? 배웠어요?"

"엄마가 식당을 해서 손맛은 좀 있는 것 같아요."

"그렇구나. 저번에는 내가 굼벵이 앞에서 주름잡았네요?"

"미연 씨 솜씨도 상당하던데요."

"고마워요."

서로 칭찬을 주고받은 두 사람은 한동안 먹는 데 집중했다.

그러다 냄비가 다 비워질 때쯤, 슬슬 배가 불러온 두 사람은 다정히 대화를 나누기 시작했다.

"두찬 씨, 요새 글은 잘돼요?"

"네. 꾸준히 하루 열 편씩 올리고 있어요."

"막히지 않고 아이디어가 나오나 봐. 신기하다."

"그러게요. 하하."

"영웅의 노래는 언제까지 집필할 예정이에요?"

"12권 예상하고 있으니 이제 거의 끝났어요."

"독자들 아쉽겠네. 아, 오늘 저녁에 패피스에서 촬영 있어요. 알죠?"

패피스.

맨스큐가 남성 패션 잡지라면 패피스는 남녀를 가리지 않고 패션 피플들에 관한 이야깃거리들을 자유롭게 다루는 잡지다.

얼마 전, 패피스에서 김두찬의 매니저에게 연락이 왔고 오늘 촬영이 잡혔다.

정미연은 오후 네 시까지 패피스 사무실 근처에서 일이 있었고, 그 이후에는 아무런 스케줄이 없었다.

그래서 김두찬을 직접 스타일링해 줄 생각이었다.

"알고 있어요. 그런데 미연 씨 좀 쉬는 게 좋지 않겠어요?"

눈코 뜰 새 없이 바쁜 살인적인 정미연의 스케줄을 김두찬은 잘 알고 있었다.

그래서 조금이라도 그녀를 쉬게 해주고 싶었다.

하지만.

"자기 얼굴 보는 게 쉬는 거예요."

정미연이 저렇게 말하는데 어찌 막으랴?

김두찬은 그저 웃고 말았다.

*　　　*　　　*

점심나절이 되어서야 김두찬이 집에 돌아왔을 땐, 김두리만 집에 혼자 있었다.

"오빠, 왔어? 축제 어땠어? 재밌었어? 연예인도 왔어? 밤새 뭐 했어?"

한 손에 스마트폰을 든 채, 거실에서 밥을 먹던 김두리가 김두찬을 보자마자 다다다 질문을 던졌다.

아직 고등학생인 김두리는 대학 축제에 대한 로망이 컸다.

김두찬이 김두리의 맞은편에 앉아 별거 아니라는 듯 말했다.

"궁금한 것도 많다. 너도 고3이니까 내년이면 알게 될 거야."

"씨이, 대학을 가야 알게 되지."

솔직히 지금 김두리의 성적으로 대학은 어림도 없었다.

김두리 본인도 그걸 아주 잘 알고 있었다.

"아, 그러네."

"아, 그러네? 되게 속 편한 대답이다, 그거?"

"네가 공부 참 안 한다는 걸 깜빡했다. 못 가면 어쩔 수 없는 거지 뭐. 그리고 대학 축제 별거 아니야, 진짜로."

"하아, 위로가 전혀 안 된다."

"축제 때문에 대학 가냐."

"대학 가는 이유 중에 하나가 될 수도 있지."

"대학에 너무 목메지 마. 대학 안 나와도 잘 먹고 잘사는 사람 많잖아."

"그럼 오빠, 나 이참에 그냥 연예인으로 진로를 정해 버릴까?"

"뜬금없이?"

"뜬금없다니? 나 중학교부터 지금까지 부 활동은 죽 연극부

해왔는걸?"

"어, 그랬어?"

"어, 그랬어? 오빠!"

"장난이야. 알지. 상도 제법 타왔으니까. 근데 막연하게 연예인 되겠다고 하기보다는 우선 연기 쪽으로 노선을 잡고 가는 게 좋지 않을까."

"흠… 그런가."

"여태까지는 왜 그런 생각 안 했어?"

"취미로만 해왔으니까 그걸 직업으로 삼자는 마음은 없었지."

"말 나온 김에 잘됐네. 도 대회랑 전국 대회에서 상 받은 것도 있으니까 한번 그쪽으로 대학 알아봐, 그럼."

"그래야겠다."

고개를 주억거리며 김두리가 스마트폰으로 시선을 돌렸다.

"뭘 그렇게 봐?"

김두찬이 묻자, 김두리가 액정을 김두찬 쪽으로 돌렸다.

거기엔 아이돌 그룹의 공연 영상이 나오고 있었다.

"얘네가 누군데?"

"플레이진."

"플레이진?"

"응. 10년 장수 아이돌 그룹. 나도 얘네 팬이야. 특히 태경!"

김두찬이 전혀 모르겠다는 표정을 짓자 김두리가 바쁘게 설명을 늘어놓았다.

"플레이진 리더고, 노래, 춤, 랩, 연기까지 다 잘해. 얼마 전까지는 조금 후덕했는데 요새 6집 앨범 내고 드라마 주연 확정되면서 다시 살 쪽 뺐어."

말을 하며 김두리가 태경을 손으로 짚었다.

"여기, 붉은 머리. 멋있지?"

김두찬은 태경이라는 아이돌의 얼굴을 자세히 살폈다.

딱 봐도 여자들이 좋아할 것 같은 외모였다.

인상도 좋고 한결같이 입에 달고 있는 미소는 뭇 소녀들의 가슴을 설레게 할 만했다.

그런데.

'어째 좀… 느낌이 별로다.'

김두찬은 태경이라는 사람이 그다지 좋아 보이진 않았다.

하지만 팬이라는 동생 앞에서 굳이 그런 말을 할 필요는 없었다.

"너무 헛바람만 들지 말고 이제부터 진지하게 진로 생각해 봐."

"알았어."

다시 밥 먹는 데 집중하는 김두리를 뒤로하고 방에 들어온 김두찬은 컴퓨터부터 켰다.

오늘은 오후 세 시에 인터뷰가 잡혀 있었다.

'글터'라는 문학잡지 인터뷰로, 관계자가 집까지 찾아오기로 했다.

이번 정상 단편 문학상 대상 수상과 관련, 김두찬의 행보에 대해서 중점적으로 취재를 하게 될 것이라 사전에 통보를 받았다.

질문의 내용도 이미 메일로 받아본 터라 김두찬은 어떤 대답을 해야 할지 미리 정해놓을 수 있었다.

'세 시까지면 두 시간 정도 남았네. 네 편은 쓸 수 있겠다.'

요즘 축제다 뭐다 해서 글 쓸 시간이 다른 날보다 너무 적었다.

해서 하루에 10편 이상씩 때리던 그가 8편 정도에서 그치고는 했다.

물론 비축분은 넉넉한지라 꾸준히 10연참을 하는 데는 무리가 없었다.

타타타탁! 타타탁!

김두찬이 전광석화와 같은 속도로 키보드를 두들겨 나갔다.

이내 그에게서 시간의 흐름이 잊혀졌다.

*　　　*　　　*

"후우."

2시 37분.

총 네 편을 완성하고 나니 인터뷰 약속 시간까지 23분이 남아 있었다.

김두찬은 컴퓨터를 끄고 슬슬 손님 맞을 준비를 했다.

샤워는 정미연의 집에서 했으니 옷만 말끔한 것으로 갈아입었다.

그리고 집 구석구석 어수선한 곳들을 간단히 정리하는데 선우동으로부터 전화가 왔다.

"선우 이사님, 잘 지내셨어요?"

—그럼요! 작가님은 요즘 어떠세요?

"똑같아요."

—하하! 잘 지낸다는 말씀이시네요. 그보다 작가님! 사인회 일정이 잡혀서 연락드렸어요.

"아, 그래요?"

김두찬이 반색하며 물었다.

—네! 종로에 있는 영인문고에서 28일 수요일에 오후 4시부터 진행하기로 했습니다!

김두찬은 얼마 전 선우동에게 6월 말까지의 스케줄 표를 넘겼었다.

선우동은 그것을 기준으로 두고 김두찬이 괜찮은 날 중 하루를 골라 사인회를 잡은 것이다.

"좋네요. 고생 많으셨어요, 이사님."

—고생은요. 전 작가님과 관련된 일이라면 피곤한 줄 모르고 달립니다. 하하하!

"제가 따로 준비해야 할 건 없나요?"

—그냥 몸만 오시면 됩니다! 다른 건 우리가 다 준비해 놓겠습니다. 아, 그리고 사인회에는 대략 400명 정도 모이지 않을까 예상됩니다. 사인하는 데만 두 시간 정도 걸릴 테니 그리 알고 계시고요, 너무 많이 몰린다 싶으면 1,000명 정도에서 커트할 겁니다. 하지만 그럴 일은 아마 없을 것 같아요.

"네, 그렇게 알고 있을게요."

—넵! 그럼 좋은 오후 보내세요, 작가님!

김두찬은 통화를 마치고서 짧은 숨을 내쉬었다.

"후."

드디어 사인회의 날짜가 잡혔다.

김두찬이 작가로서 그의 팬과 직접 소통하게 되는 것이다.

생각만 해도 행복해지는 기분에 콧노래를 부르며 마저 집을 정리했다.

3시가 다 되어가는 시간.

약속했던 글터의 관계자들이 집으로 방문했고, 김두찬은

특집 기사로 실릴 인터뷰를 나누었다.

* * *

인터뷰가 끝나고 글터 관계자들이 돌아갔다.

그때 시간이 세 시 반.

촬영이 다섯 시부터 시작이니 바쁘게 이동을 해야 했다.

김두찬은 밴에 몸을 실고 패피스 사무실이 있는 강남으로 향했다.

그 안에서도 평소처럼 노트북을 꺼내 영웅의 노래 집필을 이어나갔다.

한참 자신이 만들어 낸 판타지 세상에 푹 빠져 있을 때.

지이이이잉—

스마트폰이 울렸다.

액정을 확인하니 반가운 이름이 떠 있었다.

김두찬이 얼른 전화를 받았다.

"송 작가님! 오래간만이에요."

전화를 건 사람은 진주 찾기 프로그램을 함께했던 송하연 메인 작가였다.

—김 작가님, 잘 지냈어요?

"그냥 두찬 씨라고 불러주세요. 갑자기 그러시니까 어색해요."

—익숙해져야죠. 이제 다들 그렇게 부를 텐데. 지금 뭐 하고 계세요? 바쁜가요?

"아, 오늘 저녁에 화보 촬영이 있어서 이동 중이에요."

—화보 촬영 느낌 있다. 어디로 가는데요?

"패피스 사무실이요."

—알아요! 강남에 있죠?

"네."

—잘됐다. 김 작가님, 혹시 실례가 안 된다면 김 작가님 동선 따라 두 시간 정도만 촬영해도 될까요?

"음? 무슨 일이신데요?"

—아, 이게 순서가 좀 잘못되긴 했는데 갑자기 일이 급해져서요. 일단 플레이 인에 연락해서 작가님 스케줄이랑 맞춰봐야 하는데 일분일초가 급해서 사적으로 연락드리게 됐어요. 죄송해요.

송하연의 음성에 진심으로 미안한 기색이 담겨 있었다.

그걸 느낀 김두찬이 부드럽게 말했다.

"괜찮아요. 말씀해 보세요."

—제가 예능국으로 옮겨간 건 아시죠?

"네, 소식 들었어요."

—이번에 저랑 주정군 피디 이름 걸고 새로운 예능 프로 론칭하는데 아무래도 화제성이 있어야 하거든요. 프로그램 제

목은 '초능력일까?'예요. 콘셉트는 초능력이 있다고 주장하는 사람들을 스튜디오에 초대해서 그 진위 여부를 확인하는 거예요. 근데 1화 지원자 중에 예언이 가능하다는 사람이 있어요.

거기까지 듣고 난 김두찬이 바로 감을 잡았다.

"그래서 제 동선 찍은 다음 문제 화면으로 내보내려는 거군요? 제 다음 동선이라든가 어디 가서 무엇을 하는 건지 맞춰보라는 식인 거죠?"

—맞아요! 근데 이게 지금 내부적으로 스태프들이 문제를 일으키는 바람에 그거 정리하다가 시간이 늦어졌어요. 당장 내일 촬영인데 발등에 불이 떨어졌어요.

송하연과 주정군 피디가 발을 동동 구르는 모습이 김두찬의 눈앞에 훤히 그려졌다.

그가 웃음기 어린 목소리로 말했다.

"알겠어요. 그냥 제 동선 따라 촬영만 하는 거라면 문제없을 거 같아요. 회사 측에는 제가 얘기해 놓을게요."

—으아아, 살았다. 고마워요, 작가님.

"지금 어디 계세요?"

—우리 선릉이에요! 작가님은 언제 도착하세요?

"저는 5시 조금 못 돼서 도착할 것 같아요."

—알겠어요. 4시 반까지 미리 가서 기다리고 있을게요. 촬

영은 패피스 건물 입구에서부터 하는 걸로 괜찮죠?

"얼마든지요."

—감사해요, 정말. 김 작가님이 우리 여러 번 살려주시네요. 꼭 보답할게요.

"하하, 알겠어요. 이따 뵐게요."

—네! 곧 뵙겠습니다!

송하연이 전화를 끊었다.

김두찬은 바로 회사에 전화를 걸어 사정을 설명했고, 별다른 무리 없이 촬영을 허가해 줬다.

"오래간만이네, 두 분."

반가운 얼굴을 볼 생각에 기분이 좋아진 김두찬은 콧노래를 부르며 다시 키보드를 두들겼다.

*　　　*　　　*

패피스는 강남 한복판에 3층 건물 하나를 통째로 사용하고 있었다.

뷰티연처럼 건물 안에 사무실과 스튜디오가 공존하는 형태였다.

정미연은 강남에서의 일을 마치고 패피스 건물을 찾아갔다.

본래 4시에 끝날 일이었는데 지연되는 바람에 4시 반이 조금 넘어서 끝이 났다.

패피스에 도착하니 4시 48분이었다.

정미연은 홀에서 마주치는 직원들과 인사를 나눴다.

정미연과는 다들 연이 있는지라 오고 가는 대화가 정감 있었다.

그중에서 가장 정미연과 친분이 두터운 사람은 포토그래퍼 김종안이었다.

"미연 씨~ 어쩐 일이야, 연락도 없이?"

김종안이 살짝 여성스러운 어투와 제스처로 물었다.

행동은 저래도 제법 남자다운 사람이었다.

"종안 씨도 보고 두찬 씨 스타일링도 해주려고."

"아~ 맞다! 두찬 씨가 미연 씨 회사 전속 모델이었지? 어머, 신경 쓰이겠다."

"신경 쓰인다기보다는 그냥 조금 더 잘 나왔으면 하는 마음이죠. 패피스 분들 실력 잘 아는데, 뭐."

"미연 씨만 하겠어?"

"너무 오지랖 부린다고 욕 안 먹으려나 걱정이네요."

"우리 회사 신조 몰라? 울타리 너머에서 보라! 난 이런 거 좋아. 다들 그렇고. 고집 있는 것도 좋지만 누군가 계속 건드려 주지 않으면 자가당착에 빠진다니까. 그리고 미연 씨가 근간을 뒤흔들 사람도 아니잖아?"

"포인트 정도만 보려고요."

"약간의 시선 엎어주기? 아주 좋아. 세트부터 볼래? 5번 방 들어가 봐. 복도 끝에 있는 거."

"고마워요."

살짝 목례를 한 정미연이 리드미컬하게 걸어 5번 방문을 열고 들어섰다.

그러자 제법 넓은 스튜디오가 나타났다.

스튜디오 내부는 스태프들이 곧 있을 촬영을 준비하느라 분주히 움직이고 있었다.

그리고.

"미연아!"

꿈에서라도 듣기 싫은 목소리가 그녀의 좌측에서 들려왔다.

정미연의 미간이 절로 구겨졌다.

그녀가 천천히 몸을 돌렸다.

태경이 능글맞은 얼굴로 다가오고 있었다.

"와~ 진짜 오래간만이다."

그가 다짜고짜 정미연을 안으려 했다.

정미연이 몸을 뒤로 빼 그런 태경을 피했다.

"반응이 왜 그래? 서운하게."

"유들거리지 마. 미친놈아. 너랑 나랑 이럴 사이야?"

대번에 날을 세우고 으르렁대는 정미연의 반응에도 태경은 어깨를 으쓱할 뿐이었다.

"반가워서 포옹 한 번 하려던 것 가지고 너무 무안 준다."

"서로 반가워야 포옹이지. 상대방이 불쾌해하면 성추행이야."

정미연이 차갑게 말했다.

하지만 태경은 신경도 쓰지 않았다.

"둘이 잠깐 나가서 얘기나 하자."

"너랑 할 말 없으니까 꺼져. …아니, 그보다 네가 여긴 무슨 일로 온 건데?"

"네가 여기 온다 그래서 왔지."

"그건 어떻게 알아서? …미친놈, 뒷조사했어?"

"말이 계속 세다. 여기서 이러지 말고, 나가자."

태경이 정미연의 손목을 확 낚아챘다.

그에 정미연이 바로 그의 뺨을 후려치려 했다.

턱!

그러나 태경은 그 손마저도 잡아챘다.

"이거 놔!"

"으이그, 누가 보면 내가 너한테 해코지하는 줄 알겠다."

"더 하면 고소할 거야."

"고소는 무슨."

태경은 콧방귀를 꼈다.

그는 여태껏 한 번도 법적으로 복잡하게 얽힌 적이 없었다.

소속사에서 전부 막아주기 때문이다.

그래서 정미연의 말에도 아무런 위협을 느끼지 못했다.

태경이 억지로 정미연을 끌어당겼다.

"보자~ 여기 빈방이 어디 있어요?"

그가 활짝 열린 문을 등지고 뒤로 걸으며 스태프들에게 물었다.

하지만 스태프들은 아무도 대답하지 않았다.

그렇다고 나서서 말릴 수도 없었다. 상대가 태경이었기 때문이다.

"이거 놓으라고, 미친놈아!"

"욕 좀 그만해라. 예쁜 얼굴로 입이 왜 이렇게 걸어?"

"놔!"

"그냥 따라와, 좀. 어차피 여기서 나 막을 사람 없어. 당연히 네 편 들어줄 사람도 없고. 알지? 나 태경이야. 우리 둘이 조용한 곳에서 얘기도 하고."

태경이 잠시 말을 끊더니 정미연의 귀에 입을 바짝 가져다 대고 속삭였다.

"사귀면서 못 했던 몸의 대화도 하자. 어때? 이런 거 스릴 있잖아."

"누가 개새끼 아니랄까 봐 개 같은 말만 늘어놓고 있네."

"아하하. 그래, 개새끼 맛 한번 보여줄게."

태경이 저항하는 정미연을 억지로 끌고서 문턱을 막 넘으려 할 때였다.

턱.

"응?"

무언가 단단한 것이 그의 뒤를 가로막았다.

분명히 문은 열려 있었는데? 의아한 태경이 뒤를 돌아보았다. 거기엔 태경보다 머리 하나는 더 큰 미남자가 야차 같은 얼굴로 그를 내려다보고 있었다.

"누구~?"

태경은 천연덕스레 물었다.

반면 미남자를 본 정미연은 고함치듯 그의 이름을 외쳤다.

"두찬 씨!"

턱!

김두찬이 태경의 한쪽 팔을 틀어쥐고 경고했다.

"당장 미연 씨한테서 손 떼세요."

*　　　*　　　*

김두찬의 눈에서 불똥이 튀었다.

그는 인생 역전에 접속한 이후, 다른 어느 때보다 가장 화가 치밀어 오름을 느꼈다.

자신의 여자가 다른 남자에게 희롱을 당했다.

이런 상황에서 뚜껑이 열리지 않는다면 그게 오히려 이상한 일이었다.

"뭐야, 이 새끼는? 어? 김두찬?"

태경이 잔뜩 짜증이 난 와중에 김두찬을 알아봤다.

이미 그의 얼굴은 연예인들 사이에서도 모르는 사람이 거의 없을 정도로 많이 알려졌다.

"지금 우리 둘이 사적인 볼일이 있으니까 상황 파악 잘해."

태경의 경고는 김두찬의 화를 더 돋울 뿐이었다.

김두찬이 이를 꽉 깨물고 태경에게 바짝 다가와 섰다.

"뭐 하자고? 이봐요, 두찬 씨. 요새 한창 주가 올리고 있는데 폭행죄로 기사 떠서 인생 말아먹고 싶어? 좋게 말할 때 이거 놔, 인마."

태경이 여전히 특유의 능글맞은 어투로 말했다.

그때쯤 김두찬도 태경의 얼굴을 알아봤다.

김두리가 팬이라고 하던 그 아이돌이었다.

어째 처음부터 영 께름칙하더니 결국 이런 식으로 만나게 됐다.

"미연 씨한테서 손 떼라고 했습니다."

"네가 뭔데 손을 떼라 마라야."

"미연 씨 애인입니다."

"뭐? 애인? 그게 무슨 엿 같은 말……!"

"손! …놓으라고."

김두찬이 눈을 부릅떴다.

그와 동시에 맹수와도 같은 기세가 뿜어져 나와 태경을 덮쳤다.

'……?!'

정체 모를 기운에 휩쓸린 태경은 모골이 송연해지고 다리에 힘이 풀렸다.

'뭐야, 이거?'

김두찬은 아직 아무것도 하지 않았다.

아니, 태경이 여기서 더 나가면 무슨 짓을 벌일 기세였다.

김두찬이 주먹을 강하게 말아 쥐었다.

태경이 그것을 확인했다.

순간, 정신이 아늑해졌다.

단지 앞에 서 있는 인간이 주먹 한 번 쥐었다고 이토록 거대한 압박을 느낀다는 게 말이나 되는 상황인가?

그것은 고양이 몸놀림으로 강인해진 육신과 박투의 능력에서 나오는 투기였다.

강렬한 투기가 태경을 짓누르고 있었다.

태경은 한 번도 경험해 보지 못한 위압을 견디지 못하고 한주용에게 도움을 청했다.

“매니저! 이 새끼 좀 어떻게 해……!”

소리를 지르던 태경이 순간 말을 삼켰다.

김두찬의 뒤에서 갑자기 카메라가 튀어나온 것이다.

‘이거 뭐야?’

태경의 머릿속이 하얘졌다.

느닷없이 나타난 카메라에 일시적 공황이 왔다.

하지만 그것도 잠시.

태경은 정미연의 팔을 놓고 자지러지는 비명과 함께 바닥에 주저앉았다.

“으아아아악!”

조금 전까지만 해도 멀쩡하게 악을 쓰던 인간이 갑자기 이런 행동을 하니 다들 어안이 벙벙해졌다.

“팔! 팔! 팔 좀 놔주세요! 부러지겠네!”

태경이 악을 쓰더니 김두찬에게 잡혀 있던 팔을 뿌리쳤다.

애초에 김두찬은 태경의 팔을 쥔 손에 그다지 힘을 주지 않았다.

그런데 녀석은 할리우드 액션을 취하며 바닥을 데굴데굴 굴렀다.

카메라를 의식한 행동이었다.

"아욱… 주, 주용아! 나 좀 부축해 줘! 병원부터 가야겠어."

"네!"

태경의 매니저 한주용이 다가와 그를 부축해 일으켜 세웠다.

그러고서 두 사람은 부리나케 자리를 피했다.

회사 건물을 나가기 전, 태경은 김두찬을 힐끔 째려봤다.

"인간 덜된 새끼."

정미연이 아픈 팔을 주무르며 독설을 뱉었다.

김두찬이 그런 정미연에게 다급히 물었다.

"미연 씨, 괜찮아요?"

"네."

김두찬이 정미연의 안위를 살피고 있을 때 주정군이 미간을 잔뜩 구기고는 입을 열었다.

"방금 뭐야? 무슨 일 있었던 겁니까, 미연 씨."

"간만에 보는 건데 기분 좋은 만남은 아니네요."

주정군과 송하연은 정미연과 연이 있는 사이다.

진주 찾기 방송 건으로 김두찬과 붙어 다닐 때 피팅 모델 촬영 현장을 따라갔다가 알게 되었다.

이후로 죽 마주칠 기회가 없었고, 이번이 두 번째 만남이었다.

"카메라 감독님은 그때 뵀던 분이 아니네요. 지금 카메라 돌고 있었나요?"

정미연이 물었고, 카메라 감독이 고개를 끄덕였다.

"어디서부터 녹화됐어요?"

"태경 군이 김 작가님한테 부딪혀서 뒤돌아볼 때부터요."

"내 팔목 비튼 거랑 욕하고 멋대로 행동한 거 전부 담았네요. 고마워요."

"고맙긴요. 그냥 찍다 보니 뭐……."

카메라 감독이 머리를 긁적였다.

"근데 그 새끼가 영악하게 바로 꾀병을 부리는 바람에 크게 쓸 만하진 않을 겁니다."

주정군 피디는 정미연이 무슨 생각을 하는 건지 캐치하고 한마디를 덧붙였다.

정미연은 태경을 고소할 생각이었다.

방금 전 영상은 법정에서 증거로 제시할 셈이었다.

하지만 태경이 꾀병을 부리는 바람에 빠져나갈 구멍이 생겼다.

'그냥 인터넷에라도 올릴 수 있으면…….'

정미연은 그러고 싶었지만 방송을 위해 촬영한 영상을 사적으로 사용할 수는 없었다.

정미연 본인에게는 아무런 피해가 없겠지만, 주정군 피디에게 징계가 날아들 것이다.

"그나저나 태경이 진상 부리는 거 직접 보는 건 처음이네요."

송하연의 입에서 싸늘한 음성이 흘러나왔다.

방금 전 태경의 막되어먹은 행동에 화가 치밀어 올랐다.

"미연 씨가 어떤 분을 부모로 두고 있는지 알면서도 저러는 거예요?"

"애초부터 그런 거 신경 안 쓰는 인간이었어요."

"하긴, 뒷배가 워낙 대단하죠. 소속사도 소속사지만 국회의원 한 분이 뒤를 봐주고 있다고 하니까."

송하연의 짐작에 정미연이 한숨을 쉬었다.

"뒷배를 믿는 것도 있겠지만 의외로 그 인간 멍청해요. 예능에서도 생긴 거에 비해 어리바리한 이미지로 뜨고 있는데, 그거 이미지를 그렇게 잡은 게 아니라 진짜 멍청한 거예요. 팬들은 백치미라고 금칠해 주지만."

"그건 몰랐네. 음, 주 피디님. 저 새끼 매장시킬 방법 없을까?"

송하연이 주피디에게 물었다.

태경에 대한 안 좋은 소문은 이미 연예계 내부적으로 파다하게 퍼졌다.

방송에서 보이는 모습은 전부 가식이라는 걸 연예 관계자들은 알고 있었다.

어딜 가든 갑질에, 안하무인으로 행동하고 세상 자기 혼자 잘난 맛에 사는 재수덩어리.

늘 주변 사람들을 힘들게 하고 자기만 편하려는 인간.

그게 태경이었다.

뿐이랴?

태경에게 성희롱, 추행을 당한 신인 여배우, 무명 여가수들도 상당했다.

그래서 이번 기회에 태경을 매장시킬 수 있다면 그렇게 하고 싶었다.

"생각 좀 해보자, 송 작가. 한데 그보다 두찬 씨, 조금 전에 미연 씨가 애인이라고 한 거 맞아요?"

"네."

"언제부터 그렇게 된 거예요?"

송하연이 눈을 동그랗게 뜨고 물었다.

김두찬이 대답 대신 옅은 미소를 머금었다.

하지만 그 미소는 곧 사라졌다.

도저히 웃을 기분이 아니었기 때문이다.

그런 김두찬을 보며 송하연이 어깨를 으쓱했다.

'로미 씨랑 잘될 줄 알았더니. 이래서 남녀 사이 일은 모르는 거라니까.'

송하연은 그런 생각을 하며 김두찬의 얼굴을 살폈다.

그는 아무 표정도 짓고 있지 않았다.

하지만 곁에 있는 게 힘들 정도의 냉기를 풀풀 풍기고 있었다.

김두찬의 머릿속엔 지금 태경을 완전히 망가뜨려 버릴 생각으로 가득했다.

정미연을 건드린 인간이다.

그 대가는 결코 가벼워서는 안 된다.

그때였다.

휴대용 카메라를 든 패피스의 남자 스태프 한 명이 김두찬 일행에게 다가왔다.

"저기, 제가 오지랖 좀 떨어도 될까요?"

"무슨 일이죠?"

정미연이 물었다.

패피스 스태프이 들고 있던 카메라를 내밀며 말했다.

"한참 전부터 메이킹 영상 찍고 있었거든요. 조금 전 상황, 처음부터 끝까지 다 담겼어요. 필요하시면 영상 보내 드릴게요. 마음대로 사용하세요. 출처가 저라는 것만 밝히지 말아 주시고요."

그 말에 김두찬 일행의 얼굴에 화색이 돌았다.

*　*　*

패피스 건물을 벗어난 태경은 그 길로 당장 병원을 찾았다.

그러고는 그의 담당의에게 팔 근육이 파열된 것 같으니 깁스를 해달라 부탁했다.

담당의는 태경이 또 무슨 짓을 꾸미려는 건지 궁금했으나 이것저것 따지지 않고 깁스를 해줬다.

어떤 사건이 터지든 병원 입장에서는 근육의 파열이 있어 마땅한 조치를 해줬다는 얘기만 하면 그만이다.

나머지는 태경의 소속사 웨이브 엔터에서 처리할 것이다.

여태 그래왔던 것처럼.

급하게 깁스를 마친 태경은 당장 사진을 찍어 자신의 SNS에 업로드했다.

'연기 연습 너무 리얼하게 하면 오해 사서 근육이 파열되는 경우가 생겨요~ 김두찬 작가님 무섭네요~ ㅎㅎ 앞으로 밥은 왼손으로 먹어야겠네'라는 글과 함께.

태경의 글은 올리자마자 빠르게 공유되며 전광석화처럼 퍼져 나갔다.

인터넷 포털 검색어 실검 순위에는 김두찬과 태경의 이름이 1, 2위를 다퉜다.

누리꾼들은 둘 사이에 무슨 일이 있었던 건지 바쁘게 추측

하고 나섰다.

그 상황을 지켜보던 태경이 비린 미소를 머금었다.

"애인 같은 소리 하고 있네. 인생 좆망 카운트다운 시작됐다. 김두찬."

이제 나머지는 자신의 팬들이 알아서 해줄 터.

하지만 태경은 그 정도로 만족할 수 없었다.

그가 깁스한 팔을 보면서 빠드득 이를 갈았다.

"아무것도 아닌 새끼가 내 몸에 손을 대? 아이 씨, 더러워."

태경이 인터넷 검색 창에다가 김두찬의 이름을 적어 넣었다.

그러자 김두찬과 관련된 기사들이 주르륵 나타났다.

그중 가장 눈에 많이 띄는 건 김두찬의 사인회에 대한 얘기들이었다.

김두찬은 선우동에게 작가 사인회 날짜가 잡혔음을 통보받은 뒤 소속사 측에 이를 알렸다.

그에 플레이 인에서 기자들을 풀어버린 것이다.

"사인회… 주용아!"

태경이 한창 운전 중이던 한주용을 불렀다.

"네, 형."

"나 개인 사인회 언제야?"

"다음 주 금요일이요."

"그거 수요일로 옮겨봐."

"네에?"

"시간은 오후 네 시. 종로에 있는 영인문고에서 여는 걸로 해."

"형, 그건 좀……."

"왜? 싫어?"

"아니요. 싫은 게 아니라 가능할까 싶어서요. 그렇게 되면 스케줄도 다시 짜야 하고 일방적으로 이래 버리면 다른 일정들이 딜레이되니까 우리 사정을 봐줄지도 모르겠고… 영인문고에서도 허락을 해줄지 안 해줄지 모르는 상황이라……."

"우리 능력자가 요새 왜 자꾸 엄살을 부릴까… 나 짜증 날라 그러네."

"형, 그게 아니라 현실적으로 문제가 많아서……."

"주용아."

"네?"

"내가 지금 부탁하는 것 같아?"

갑자기 태경의 목소리가 확 가라앉았다.

그에 운전을 하던 한주용의 등골이 서늘해졌다.

태경은 눈 돌아가면 아무도 말릴 수 없는 인간이다.

괜히 여기서 더 말대답했다가는 무슨 일을 당할지 몰랐다.

"아, 알았어요. 노력할게요."

"내일까지 내가 말한 대로 세팅 완벽히 해놔."

"…네."

이래저래 한숨만 늘어가는 한주용이었다.

* * *

김두찬은 두 시간에 걸쳐 패피스 촬영을 마쳤다.

"수고하셨습니다!"

"오늘 고생 많으셨어요~ 김 작가님!"

"진짜 멋졌습니다. 김 작가님 화보 실리면 우리 잡지 못해도 500부는 더 팔릴 것 같아요."

"미연 씨, 감사해요. 포인트 짚어주신 거 신의 한 수였어요."

"별말씀을."

서로 간에 인사를 나눈 뒤 김두찬 일행은 패피스 건물을 나왔다.

방송국 쪽 촬영은 거기서 끝이 났다.

"협조해 주셔서 감사해요, 김 작가님."

송하연이 감사의 마음을 표했다.

"아녜요. 얼굴 봐서 좋았어요."

"그나저나 이것 좀 봐봐요."

주정군이 뭐 씹은 얼굴로 스마트폰을 김두찬에게 내밀었다.

김두찬이 그것을 받아 확인했다.

화면엔 태경의 SNS가 떠 있었다.

"인터넷에 지금 두찬 씨랑 태경이 일로 난리가 났어요. 태경이 이 자식이 선수 쳤어. 연기 연습하는 걸 두찬 씨가 오해해서 자기한테 해코지했다는 식으로 글을 올린 거야. 아주 깁스까지 하고 생지랄을 하고 있다니까?"

"미친놈."

정미연이 한심하다는 듯 한숨을 푹 내쉬었다.

"미친놈 맞네요. 근데 팬들이 너무 많은 게 문제예요."

송하연도 자기 스마트폰으로 이것저것 검색을 하며 말했다.

"태경과 플레이진의 팬들이 벌써부터 김 작가님을 공격하고 있어요. 김 작가님은 당분간 인터넷 하지 않으시는 게 정신 건강에 좋을 거 같네요."

그때였다.

김두찬이 보고 있던 태경의 SNS에 새로운 글이 올라왔다.

—여러분~ 제 사인회 날짜와 장소 공지합니다. 다음 주 수요일 오후 4시, 영인문고 종로점입니다~♡ 많이많이 찾아와 주세요.^^*

"허."

김두찬이 저도 모르게 헛숨을 들이켰다.

"왜 그래요?"

주정군이 김두찬에게 건넸던 스마트폰을 도로 가져가 확인했다.

"응? 갑자기 사인회를 연다고 지랄이네."

송하연도 태경의 글을 보고 고개를 갸웃거렸다.

"또 무슨 꿍꿍이야, 얘는."

그에 김두찬이 입을 열었다.

"다음 주 수요일 오후 네 시 영인문고 종로점. 제 사인회가 열리는 날짜랑 장소가 같아요."

"뭐?"

주정군이 기함을 했다.

송하연은 기가 차서 말도 나오지 않는 얼굴이었다.

정미연은 태경이 눈앞에 있었다면 목이라도 졸라 버릴 기세였다.

"김 작가님. 이건 아마 소속사에서 조치해 줄 거예요. 너무 신경 쓰지 마세요."

송하연이 김두찬을 안심시켰다.

하지만 주정군 피디는 입장이 달랐다.

"웨이브 엔터도 우리나라 3대 기획사 중에 하난데 녹록지 않을걸. 게다가 태경 일이라면 무조건 감싸고 돌잖아. 플레이인이랑 웨이브랑 파워 게임 하면… 그래도 웨이브 쪽이 세지 않을까? 아무래도 아이돌 그룹이 플레이 인보다 많으니까. 팬층이 두텁잖아.”

팬들이 많다는 건 곧 언론 플레이에서 유리하다는 것이다.

“아무튼 태경이 새끼가 지금 대놓고 김두찬 죽이기 하겠다는 건데, 그 신호탄으로 같은 장소에서 사인회 열어 콧대를 눌러주려는 거고.”

김두찬이 아무리 핫하다고 해도 10년 장수 아이돌 그룹 리더인 태경만큼은 아니었다.

“그 인간이 두찬 씨랑 같은 공간에서 사인회를 열면 아무래도 두찬 씨 부스가 확 죽어버릴 수도 있어.”

주정군 피디가 우려를 표했다.

그건 김두찬도 걱정되는 부분이긴 했다.

하지만 그렇다고 걸어온 싸움을 피하기는 싫었다.

“한번 부딪혀 봐야죠.”

그에 사람들의 걱정과 기대가 뒤섞인 시선이 김두찬에게 집중되었다.

걱정을 하는 건 당연했으나 기대라는 감정이 어려 있는 이유는 김두찬에게 태경을 잡을 수 있는 무기가 두 가지나 있었기 때문이다.

하나는 메이킹 필름이었고, 다른 하나는 태경이 올린 SNS의 글과 사진에 있었다.

*　　　*　　　*

김두찬의 팬 사인회가 열리기 하루 전날.

태경은 플레이진의 멤버들과 함께 저녁을 먹었다.

거창할 것 없이 태경의 집에 모여서 배달 음식으로 한 끼를 때웠다.

배를 채우고 난 뒤 태경이 멤버들을 돌아보며 물었다.

"근데 어쩐 일로 우르르 몰려왔어?"

유독 신이 나 있는 태경과 달리 멤버들의 얼굴은 그다지 밝지 않았다.

"왜 이렇게 우중충해? 나까지 다운되게. 나가서 농구라도 한 게임 뛸까?"

"태경아."

태경이 일어나려고 할 때, 그와 동갑내기인 시현이 입을 열었다.

"응?"

"진지하게 할 말 있다."

"어후, 됐어. 뭘 또 진지 빨고 그래. 나 그런 거 두드러기 난다고."

"아는데, 그래도 들어야 돼."

"뭔데?"

"너 사인회 날짜 왜 옮긴 거야?"

"옮기고 싶으니까."

"그게 다야?"

"플레이진 사인회도 아니고 내 개인 사인횐데 허락이라도 맡으라는 건 아니지?"

"태경아. 너 김두찬 작가랑 무슨 일 있었는지 사실대로 얘기해."

"에이, 짐작 가는 부분이 있었으면서 뭐 하러 돌려 말하냐."

"우리가 물어보기 전에 네가 먼저 말해줬으면 해서 그랬어."

시현의 말에 태경이 얼굴을 구겼다.

"우리? 뭐야, 지금? 너희들 전부 나 청문회 하려고 단합해서 온 거야?"

그러자 막내 다윗이 버럭 소리를 쳤다.

"형, 아직도 상황 파악이 안 돼? 진짜 더럽게 이기적이네!"

"저저, 막내 새끼 말하는 꼬락서니 봐라."

"내가 다른 형들한테 이러는 거 본 적 있어?"

"그게 문제야, 새끼야. 넌 왜 나한테만 지랄이야?"

"형이 지랄하게 만드는 거야. 형, 지금 우리 데뷔한 지 10년이야. 형은 29살이야. 1년 후면 서른이고. 근데 하는 짓을 보면 무슨 사춘기 어린애 보는 것 같다고!"

"내가 뭘 어쨌는데?"

"몰라서 물어? 형이 어떻게 하고 다니는지? 지금 형 주변에 진심으로 형을 좋아하는 사람이 몇 명이나 될 거 같아?"

"그게 중요해? 너희들만 나 안 싫어하면 되지."

그때 팀에서 중간 위치에 있는 종도가 끼어들었다.

"태경이 형, 10년의 세월로도 감싸주기 힘든 게 있어."

"너까지 왜 이래?"

"지금 형이 너무 막 나가니까 하는 말이야. 그래, 형이 우리 멤버가 아니라면 이런 말 안 해. 신경도 안 쓰겠지. 그런데 형은 태경이기 전에 플레이진 멤버야."

종도의 말에 힘을 얻은 다윗이 계속 태경을 몰아붙였다.

"형이 사고 치고 다니는 거 회사에서 수습할 때마다 우리 심정이 어떨 거 같은지 생각이나 해봤어?"

"무슨 새가슴 같은 소리나 하고 있냐. 사장님이 어련히 잘 막아줄까 봐."

"익!"

종도가 욱하는 다윗의 어깨를 살짝 잡아당겼다.

형이고 나발이고 욕부터 해버리려던 다윗이 겨우 참고 뒤로 빠졌다.

다시 종도가 말을 이어나갔다.

"그것도 한계가 있어. 고이면 썩고, 과하면 넘쳐. 언젠가는 소속사에서 해결할 수 없는 상황이 벌어질지도 몰라. 게다가 요새 팬클럽 회원들 무조건적으로 자기 연예인 커버 쳐주지는 않아. 얼마 전에 '루키즈' 리더가 성추행으로 사고 친 다음 팬클럽에서 제명된 거 몰라? 그 바람에 루키즈에서도 퇴출당했지. 팬클럽 회원들이 리더를 퇴출시키지 않으면 단체로 등을 돌린다고 하니 별수 있겠어?"

"그러니까 지금 내가 그 꼴 당할 수도 있으니 조심하라는 거지?"

"지금 터지지 않아서 그렇지 형도 걸리는 게 많잖아."

거기까지 듣고 난 태경이 피식 웃었다.

"어휴, 알았다, 알았어. 그냥 나 걱정된다고 하면 되지, 무게 잡기는. 나 잘못될 일 없으니까 쓸데없는 걱정 그만하고 어디 바람이나 쐬러 갔다 오자."

태경이 대충 상황을 정리하려 했다.

"태경이 형, 앉아."

그때 줄곧 침묵을 지키던 라키가 입을 열었다.

그는 플레이진 내에서 두 번째로 어렸다.

하지만 가장 덩치가 좋고 힘이 셌다.

아울러 자체적으로 풍겨지는 기운도 강했다.

그래서 나이는 어렸으나 누구도 라키를 함부로 대하지 못했다.

태경 역시 라키를 막 대하는 경우는 없었다.

다만 신경을 쓰지 않았다.

그는 예나 지금이나 오로지 자기 혼자 즐거우면 끝이었으니까.

"라키야, 그만하자. 피곤할라 그래."

태경이 고개를 절레절레 저었다.

그러나 라키는 그만할 생각이 없었다. 오히려 팩트로 폭력을 가했다.

"지금 우리가 형 걱정하는 걸로 보여? 재밌네. 우리, 형이 아니라 플레이진이랑 우리들 입장 걱정하는 거야."

"뭐?"

"솔직히 다들 형한테 지쳤어. 형이 어떻게 되든 말든 알 바 아니야. 그런데 형 때문에 플레이진이나 우리한테 피해가 오는 건 절대 사양이야."

그동안 누구도 쉽게 꺼내지 못한 말을 라키가 거침없이 내뱉었다.

"너 뚫린 입이라고 말을 너무 막 한다?"

"그럼 멤버들한테 형이 물어봐. 내 말이 틀렸는지."

태경이 멤버들의 얼굴을 살폈다.

그러자 비로소 분위기가 파악됐다.

라키의 말이 전부 맞았다.

하지만 태경은 그마저도 심각하게 생각하지 않았다.

"일어나지도 않을 일에 너무 에너지들 쏟지 마. 그리고 놀 생각 없으면 그만 가."

태경을 바꿔볼까 해서 왔던 멤버들은 가까스로 붙잡고 있던 마음속 무언가가 툭 하고 끊어지는 걸 느꼈다.

"후우, 가자."

결국 시현은 태경을 포기했다.

그가 동생들을 일으켜 집을 나서다가 한마디를 건넸다.

"태경아. 부탁인데 감당 못 할 문제 일으키지 않았으면 해. 그땐 우리 너 웃으면서 못 본다."

*　　*　　*

6월 28일 수요일.

김두찬과 태경의 사인회가 열리는 날이다.

사실 한 장소에서 두 사람의 사인회가 동시에 열린다는 건 말도 안 되는 일이었다.

하지만 태경은 고집을 부렸고 소속사에서는 영인문고 측에 상당한 대관료를 지불하고 겨우 허가를 받아냈다.

그러나 영인문고는 돈 때문에 허가를 내준 게 아니었다.

영인문고 측에서도 인기 그룹 아이돌 리더와 핫한 김두찬 작가가 동시에 사인회를 연다는 건 좋은 일이다.

그만큼 서점의 광고가 될 수 있으니까.

문제는 이미 김두찬 작가가 사인회를 열기로 했는데 왜 태경의 사인회를 같이 여냐고 문제 제기를 해올 경우 영인문고의 신용이 하락할 수 있다는 것이었다.

그것은 곧 이미지에 똥칠을 하게 되는 것이고 매출에도 영향을 끼친다.

해서 영인문고는 혹시나 싶어 김두찬 측에 연락을 취해 사정을 얘기했다.

한데 우려했던 것과 달리 김두찬 측은 얼마든지 태경의 자리를 마련해 줘도 괜찮다고 했다.

이에 영인문고는 김두찬 측에서 허락했다는 사실을 확실히 밝히고 태경의 사인회를 같은 시간, 같은 장소에서 동시에 진행했다.

김두찬의 부스와 태경의 부스는 불과 2미터 거리를 두고 떨어져 있었다.

사인회가 시작되기 몇 시간 전부터 영인문고에는 두 사람의 팬들이 몰려들어 줄을 섰다.

한데 태경의 부스 앞에 늘어선 줄이 훨씬 길었다.

역시 10년이나 장수하면서 이미지를 잘 닦아온 아이돌 멤버를 이긴다는 건 쉬운 일이 아니었다.

시간이 갈수록 태경 쪽 줄은 계속해서 늘어났다.

반면, 김두찬 쪽 줄은 거기에 반도 안 되는 속도로 사람이 붙는 중이었다.

*　*　*

사인회를 30분 앞두고 태경과 김두찬의 밴이 영인문고 지하 주차장에 도착했다.

태경은 밴의 유리창 너머로 김두찬의 밴을 바라보다가 한주용에게 말했다.

"주용아, 김두찬 내리면 말해."

태경은 김두찬보다 늦게 현장에 나타날 생각이었다.

"네."

한주용은 대답을 하고서 김두찬의 밴을 지켜봤다.

태경이 그의 머리를 슥슥 쓰다듬고는 스마트폰으로 게임을 하며 콧노래를 불렀다.

"흐흐흥~ 지옥문이 열렸다, 두찬아~ 내 팬들이 널 보는 순간 염라대왕으로 변할 거거든~"

이미 플레이진과 태경의 개인 팬카페 내에서는 김두찬이 나라를 팔아먹은 역적 수준으로 욕을 먹는 중이었다.

'아는 사람 상대로 연기 연습하던 태경을 괜히 오해해서 해코지한 사람'이라는 게 팬들이 믿는 진실이었다.

김두찬도 이러한 사실을 충분히 알고 있는 터였다.

송하연과 주정군은 그에게 당분간 인터넷을 하지 말라 일렀다.

그러나 김두찬은 인터넷에 접속해 자신이 어떻게 오해받아 무슨 욕을 먹고 있는지 전부 확인했다.

아마 보통 사람이었다면 인터넷에 난무하는 차마 입에 담기 힘든 악플이나 비난 글을 보고 멘탈이 깨졌을 것이다.

하나 김두찬은 의외로 담담했다.

'그냥 글로 욕하는 것 정도야 뭐.'

그게 악플과 비난 글을 읽고 난 후 김두찬의 반응이었다.

김두찬은 안여돼 시절 초, 중, 고를 다니면서 소위 논다는 친구들에게 엄청난 괴롭힘을 당했었다.

돈을 뜯기는 건 예사고 말도 안 되는 이유로 때리고 물건을 빼앗겼다.

무시당하고, 사람들이 보는 앞에서 치욕스러운 짓을 시켰다.

그 모든 것들을 전부 경험해 본 김두찬의 입장에서 이 정도는 멘탈에 스크래치도 낼 수 없는 수준이었다.

오히려 김두찬은 손에 쥔 무기를 어떻게 휘두르는 것이 좋을지에 대해 생각했다.

그러다 얼마 전 가입했던 자신의 팬카페가 떠올랐고, 동시에 재미있는 방법이 뇌리를 스치고 지나갔다.

사인회장에서 라이브로 태경을 엿 먹일 수 있는 시나리오가 순식간에 만들어졌다.

김두찬은 팬카페에 접속해 '김두찬이 팬들에게' 게시판에 장문의 글과 동영상, 그리고 사진 하나를 업로드했다.

그 글의 조회 수는 삽시간에 오르며 수많은 댓글들이 달렸다.

일부는 누명을 쓴 김두찬을 옹호했고, 일부는 태경의 극악무도함에 분개했으며 일부는 사인회장에서 망신당할 태경을 떠올리며 재미있어했다.

김두찬의 팬카페 회원들은 하나로 단결했다.

시간이 되는 사람들은 기필코 사인회장에 가서 진실을 밝히겠다며 들고 나섰다.

그리고 사인회 당일.

무려 372명이나 되는 팬카페 회원들이 사인회장을 찾았다.

김두찬에게 사인을 받기 위해 늘어선 줄의 앞쪽 사람들은 전부 팬카페 회원이었다.

얌전히 줄만 서 있던 그들은 사인회가 시작되기 1시간 전부터 일제히 스마트폰을 꺼내 분주히 액정을 터치했다.

그 모습을 태경의 부스 앞에 줄을 서 있는 팬들이 아니꼽게 바라보고 있었다.

지금 그들에겐 김두찬도 적이고, 그에게 사인을 받으러 온 사람들도 적이었다.

김두찬의 팬클럽 회원들은 그 따가운 시선들을 전부 무시하고서 오로지 액정을 두들기는 데만 집중했다.

그들은 지금 3분가량으로 편집된 하나의 동영상을 이곳저곳에 퍼 나르고 업로드하는 중이었다.

그렇게 50분이 흐르고 사인회까지 딱 10분을 남겨놓고 있는 상황.

여전히 김두찬의 팬들을 아니꼽게 바라보던 태경의 팬 중 한 명이 지인에게서 온 메시지를 확인했다.

—성희야, 너 태경 사인회 갔지?

김성희라는 이름의 팬은 바로 답장을 했다.

—응.

—이것 좀 봐.

지인은 김성희에게 바로 링크 주소를 보냈다.

김성희가 주소를 누르자 어느 유머 사이트의 게시글 하나가 열렸다.

게시글 제목은 이러했다.

[펌] 김두찬입니다. 태경 님과 있었던 그날의 진실에 대해 알리고자 합니다.

제목을 읽자마자 김성희의 미간이 바로 일그러졌다.

그녀는 화가 치밀어서 글을 읽지 않으려 했지만, 어떤 헛소리를 지껄이는지 보기나 하자는 심정으로 그 글을 읽어 내려갔다.

그런데 단단히 까버리겠다는 심정으로 글을 읽던 김성희의 마음이 초반 세 줄을 읽는 순간 크게 흔들렸다.

* * *

'뭐지……?'

김성희는 이게 무슨 조화인가 싶어 머리를 휘휘 저었다.

그리고 처음의 세 줄을 재차 읽었다.

어려운 단어나 어휘 혹은, 휘황찬란하게 멋을 낸 문장 같은 것이 없는 담백하고 평범한 글이었고, 그 안에 담긴 내용 역시 대단할 게 없었다.

그저 김두찬이 이 글을 적는 목적에 대해 적혀 있을 뿐이었다.

그럼에도 김성희는 그 세 줄에 확 빨려들어 감을 느꼈다.

처음엔 무조건적으로 비판의 시선으로 보겠다던 생각이 중립적인 입장에서 읽어봐야겠다는 쪽으로 저도 모르게 바뀌어 있었다.

김두찬의 능력 중 스토리텔링(S)과 문장력(A)의 컬래버레이션이 시너지 효과를 일으킨 결과였다.

김성희는 흔들리는 마음을 다잡고 계속해서 다음 문장을 읽어 내려갔다.

한 줄, 두 줄, 계속해서 읽을수록 태경의 팬심에 취해 있던 김성희의 마음은 점점 중립적인 입장을 취해가고 있었다.

김두찬의 글은 너무나 쉽게 읽혔다.

담백한 서술과 쉬운 단어들로만 문장을 완성해 나갔다.

그럼에도 진실을 호소하는 김두찬의 절절한 심정이 김성희의 마음으로 전해졌다.

장문의 글을 전부 읽은 김성희는 저도 모르게 아랫입술을 꽉 깨물었다.

'만약 이게 사실이라면… 김두찬 작가만 바보 된 거잖아.'

그런 생각을 저도 모르게 해버린 김성희가 화들짝 놀라 고개를 휘휘 저었다.

'내가 지금 무슨 생각을 하는 거야? 와… 진짜 작가 아니랄까 봐 글을 예술로 적네. 응? 이건…….'

글 아래에는 동영상 하나가 첨부되어 있었다.

탁.

동영상의 플레이 버튼을 누른 뒤, 말없이 감상하던 김성희의 눈동자가 파르르 떨렸다.

3분 남짓한 영상엔 소리가 담겨 있지 않았지만 충격적인 장면이 포착되었다.

영상을 다 보고 난 뒤엔 그녀의 얼굴이 하얗게 질려 있었다. 김성희가 줄의 맨 앞에 서 있던 팬클럽 회장 전경실에게 다가갔다.

전경실은 올해 23살의 대학생으로 2년 전부터 회장직을 맡고 있는 사람이었다.

"경실아, 이것 좀 봐."

말을 하는 김성희의 목소리가 심하게 떨렸다.

"뭔데요, 언니?"

전경실이 별생각 없이 김성희가 건네주는 스마트폰을 받아 들었다.

"김두찬입니다. 태경 님과 있었던 그날의 진실에 대해 알리고자 합니다……? 언니! 이 글 출처 어디에요? 지금 누가 이런 글 나르고 있는… 설마?"

전경실의 시선이 1시간 전부터 스마트폰만 만지작거리던 김두찬의 팬들에게 향했다.

사태 파악을 한 그녀가 김성희에게 핀잔을 줬다.

"언니. 이런 선동질에 휘둘리면 안 돼요. 지금 억울한 건 태경 오빤데 우리가 힘이 되어줘야죠."

"나도… 그렇게 생각했는데 글부터 읽고 동영상 한번 봐봐."

"휴, 알았어요."

전경실은 어쩔 수 없이 그것을 보기로 했다.

어떠한 내용과 어떤 영상이 돌아다니는 건지 알아야 팬클럽 회원들이 선동당하지 않게 도와줄 수 있기 때문이다.

그런데 그녀 역시 딱 세 줄을 넘기는 순간 김성희처럼 굳건했던 마음이 마구 흔들리는 이상한 경험을 하고 말았다.

'전하고 싶은 모든 감정을 글로 전할 수 있게 된다'라는 문장력 A랭크의 특전이 빛을 발하고 있었다.

무조건 태경의 입장에서 글을 읽으려던 전경실은 초반에 흔들렸고, 중반에는 중립적인 마음을 가지게 되었으며 후반엔 태경의 입장이 걱정되고 말았다.

그건 즉 김두찬의 글을 진실로 받아들였다는 것이다.

전경실은 그 상태에서 동영상까지 시청했다.

그 동영상에는 '그날'의 진실이 담겨 있었다.

동영상을 모두 보고 난 전경실은 갑자기 다리에 힘이 풀려 비틀거렸다.

그런 전경실을 김성희가 얼른 잡아주었다.

"경실아, 괜찮니?"

"언니… 이거 출처가 어디에요?"

"나도 몰라. 지인이 보내줬어."

전경실의 마음이 불안해졌다.

지금 이 자리엔 태경과 김두찬의 팬뿐만 아니라 기자들도 몇 와 있었다.

만약 여기서 무슨 일이 터져 버리면 그대로 태경에게 치명적인 대미지가 가버린다.

'어쩌지? 아니, 그전에… 이게 정말이라면…….'

전경실이 고민에 빠져 손톱을 깨물었다.

그때였다.

"거짓말!"

태경 쪽 부스에 줄을 서 있던 여인 중 한 명이 소리를 질렀다.

"이거 다 조작이야!"

그러자 다른 여인에게서도 고함이 터져 나왔다.

한 시간 전부터 뿌려댄 동영상이 빠르게 퍼져 태경의 팬들에게도 전해지기 시작한 것이다.

태경의 소속사에서도 난리가 났다.

그들은 동영상을 막기 위해 영상이 업로드된 사이트 관리자에게 일일이 전화를 돌렸다.

하지만 막는 속도보다 퍼지는 속도가 몇 배나 빨랐다.

한 명이 동영상을 퍼 날라도 재미있으면 하루 만에 수백 군데에 퍼지기도 한다.

그것을 팬클럽에 온 372명과 어제 글을 읽은 팬클럽 회원들이 동시에 손을 쓰고 있으니 도저히 막을 수가 없었다.

태경의 팬들이 집단 혼란 상태에 빠져 자기들끼리 소곤거렸다.

"언니, 어떡해요? 이거 진짜면 큰일이잖아요."

"거짓말일 거야. 조작이라니까? 이게 진짜일 리 없… 어야 하는데……."

"나도 그랬으면 좋겠지만……."

철석같은 믿음으로 하나가 됐던 태경의 팬들이 갈대처럼 흔들리고 있었다.

전경실은 계속해서 동영상을 돌려보고 또 돌려봤다.

하지만 아무리 봐도 조작 같지가 않았다.

그런데 동영상보다 더 조작 같지 않은 건, 김두찬이 담백하게 적어낸 장문의 글이었다.

그 글은 읽으면 읽을수록 그의 말이 진실이라고 믿게 만들었다.

그때였다.

"두찬 오빠다!"

"꺄아악! 두찬 오빠!"

팬들의 환호 속에 김두찬이 사인회장에 모습을 드러냈다.

그런데 김두찬이 들어서는 방향이 이상했다.

그의 팬들은 김두찬의 밴이 지하 주차장으로 들어가는 것을 봤다.

그럼 서점 내부로 통하는 계단으로 올라오면 사인 부스까지 금방이다.

그런데 김두찬은 길게 줄이 늘어서 있는 정문 밖에서부터 걸어 들어오고 있었다.

그냥 사인 부스로 오는 것도 아니고 한 명 한 명에게 악수를 해주며 인사를 건넸다.

이미 김두찬은 25분 전에 지하 주차장에서 나와 자신을 보러와 준 팬들에게 팬서비스를 하며 부스로 오는 중이었던 것이다.

그 모습을 멍하니 바라보던 태경의 팬 중 몇몇은 저도 모르게 넋을 빼앗겼다.

매너도 매너지만 실물로 본 김두찬의 미모가 상식을 넘어서는 수준이었기 때문이다.

'사람 맞아?'

'대박. 개잘생겼어…….'

'나한테는 태경 오빠밖에 없잖아. 부탁이니까 제발 나대지 마, 심장아.'

태경의 팬들은 정신을 흔들어 버리는 김두찬의 미모에 스스로를 진정시키느라 애썼다.

하지만 그게 맘처럼 잘되지 않았다.

더군다나 조금 전 김두찬의 글을 읽어 마음이 열려 버린 터라 더더욱 그랬다.

팬 한 명, 한 명의 손을 잡아주고 눈인사를 나누는 김두찬의 모습은, 그 자체로 감동이었다.

'내가 저기 있었으면…….'

저도 모르게 그런 생각을 했다가 화들짝 놀라는 태경의 팬들도 제법이었다.

모든 팬들과 인사를 나눈 김두찬이 비로소 자신의 사인 부스에 자리했다.

그때쯤, 태경도 모습을 드러냈다.

팬들에게 일일이 인사를 했던 김두찬과는 달리 지하로 이어지는 내부 통로에서 바로 나와 자신의 사인 부스로 향했다.

태경의 등장에 따라 그의 소속사에서 미리 붙여둔 기자단도 출동했다.

태경은 거침없이 걸으며 본인에게 쏟아질 함성과 환호를 맘껏 만끽했다.

아니, 그러려 했다.

여태까지는 늘 그래왔다.

그래서 이번에도 당연히 그럴 것이라 생각했는데 현실은 전혀 달랐다.

짝짝짝!

"태경 오빠~!"

"사랑해요~!"

묘한 정적 속에 기계적인 박수 소리가 살짝 울리는가 싶더니 몇몇 여성 팬들의 목소리만 두드러졌다.

'뭐지?'

태경이 자신의 부스 앞에 길게 늘어선 팬들을 살폈다.

한데 하나같이 표정이 밝지 못했다.

태경이 사인회를 하는 날, 축제 같아야 할 분위기가 무슨 초상집처럼 우중충했다.

그는 지금 이 사태의 원인을 파악 못 하고 있었다.

태경에겐 아무런 얘기도 들어가지 않았기 때문이다. 그럴 여유 자체가 없었다.

김두찬은 어제 카페에 글을 올리며 그것을 내일 사인회가 열리기 1시간 전에 퍼뜨려 달라고 부탁했다.

사인회장에 온 사람은 372명이지만 그 글을 본 사람들은 수만이 넘는다.

그들이 3시부터 일제히 행동을 해서 1시간이 채 되기 전에 이 사달을 일으켰다

태경의 팬들과 소속사가 지금에서야 인터넷으로 김두찬의 글을 접했고 매니저 역시 태경이 밴을 떠나 계단을 밟고 있을

때야 소속사의 연락을 받았다.

만약 김두찬의 글이 하루 일찍 퍼졌다면 소속사에서는 사인회를 취소하든가, 김두찬의 사인회를 막든가, 무슨 수를 냈을 것이다.

그러나 김두찬은 태경과 소속사 측이 대처할 여유를 주지 않았다.

일은 김두찬의 짜놓은 시나리오대로 흘러가고 있었다.

이런 사태의 파악을 전혀 못 한 태경은 찝찝함을 느끼며 사인 부스에 앉았다.

그러자 마이크를 든 행사 요원이 두 사람의 부스 사이에 섰다.

"오늘, 김두찬 작가님과 플레이진 태경 님의 사인회에 와주신 여러분께 감사의 말씀 드립니다. 지금부터 시작될 사인회는……."

행사 요원의 멘트를 듣고 있던 태경이 속으로 욕을 했다.

'미친. 김두찬이 나보다 사이즈가 커? 왜 내 이름을 나중에 불러?'

태경은 속으로 하는 생각과 달리 얼굴엔 여유 있는 웃음을 달고 있었다.

"그럼 지금부터 사인회를 개최하겠습니다."

행사 요원의 짧은 멘트가 끝난 뒤 드디어 사인회가 시작됐다.

그런데 그때, 김두찬이 돌연 일어서더니 태경 쪽으로 몸을 돌렸다.

'뭐야?'

태경은 김두찬이 무슨 행동을 하려는 건지 의아했다.

가뜩이나 자기 팬들이 우중충한 분위기라 기분이 별로인데 김두찬은 또 왜 저러나 싶었다.

김두찬이 태경에게 천천히 다가왔다.

"태경 씨, 그때 처음 뵌 이후 오래간만이네요."

"그때? 아아~ 두찬 씨가 내 근육 파열시켰던 날?"

김두찬이 피식 웃으며 고개를 끄덕였다.

"네."

그런 김두찬의 반응에 태경은 속으로 그를 비웃었다.

'그럼 그렇지. 돌아가는 상황이 네 편은 아닐 테니까.'

태경은 김두찬이 본인 팬들의 성화에 못 이겨 사과하러 온 것이라 짐작했다.

그가 몸을 일으켜 짐짓 대인배의 미소를 머금었다.

"혹시 그날 일 사과하려는 거면 괜찮아요. 그럴 수도 있죠. 제가 연기를 좀 잘합니까? 너~ 무 리얼하니까. 종종 오해도 사고 그래요."

"아니요. 사과하러 온 게 아닌데요."

"에이, 그럴 리가. 부끄럽구나? 사실대로 얘기해도 돼요."

"모두가 아는데 당신만 모르는 진실을 알려주러 왔어요."

"그게 무슨 개떡 같은 얘기……."

그때였다.

김두찬의 팬들이 일제히 스마트폰의 액정을 태경 쪽으로 향하게 했다.

그들 손에 들린 스마트폰에서는 사건이 있었던 당일의 메이킹필름 영상이 흘러나오고 있었다.

이 액션 역시 김두찬이 팬클럽 카페에 부탁해 놨던 것이었다.

"지금 뭐 하자는 거죠?"

태경이 황당한 얼굴로 어깨를 으쓱였다.

"당시 상황을 담은 메이킹 필름입니다."

그러자 전경실이 태경에게 다가와 문제가 되고 있는 영상을 보여주었다.

이를 본 태경의 눈이 휘둥그레졌다.

'이 영상이 어디서 튀어나온 거야?'

영상엔 태경과 정미연이 만나는 순간부터 김두찬이 등장한 뒤, 태경이 도망치는 과정까지 전부 담겨 있었다.

한데, 소리가 들리지 않았다.

태경이 전경실에게 나직이 물었다.

"소리 좀 키워봐."

"다 키운 거예요. 영상에 소리는 담겨 있지 않았어요."

"그래?"

목소리가 녹음되지 않았다.

불행 중 다행이었다.

태경은 놀란 속내를 감추고서 아무것도 아니라는 듯 받아쳤다.

"이건 조작된 영상이잖아요. 사실과 달라요. 게다가 소리가 없잖아요? 우리 둘 사이에 오간 대화를 들어보면 이런 식으로 몰아가는 것 자체가 말이 안 될 텐데, 안타깝네요."

"누가 봐도 조작이 아니라는 걸 알 수 있을 텐데요?"

김두찬이 바로 말했다.

사실 그 영상을 조작이라고 보기에는 무리가 있었다. 그러나 태경은 계속해서 우겨댔다.

"편집을 아주 잘해놨네요. 연기가 아니라 내가 저 친구를 어떻게 하려 했던 것처럼. 두찬 씨, 아니, 김 작가님. 도대체 저한테 이러는 이유가 뭐예요? 나를 오해해서 해코지한 건 그럴 수 있다고 치자고요. 근데 지금도 이렇게 날 못 잡아먹어 안달인 이유가 대체 뭐냔 말이죠. 혹시 그날 내 팔 망가뜨린 것도 오해가 아니라 의도적인 거 아니었어요? 제 안티입니까? 무엇보다 제가 기분 나쁜 건요. 지금 그 영상 모자이크 같은 것도 안 했잖아요? 저는 상관없지만 제 친구 사생활은 존중

안 해줄 거예요? 괜히 내가 미안하네요. 친구한테.”

태경이 이 상황을 빠져나가기 위해 논점을 흐렸다.

그때 김두찬의 뒤에서 마스크로 얼굴을 가린 채 줄을 서 있던 팬 한 명이 걸어 나왔다.

그러자 모든 사람의 이목이 여인에게 집중되었다.

여인은 김두찬의 옆에 서서 마스크를 벗었다.

순간 태경은 돌이라도 되어버린 듯 딱딱하게 굳었다.

“안녕, 쓰레기. 모자이크하지 말아달라고 내가 부탁했든. 이제 내 얼굴 보고서 똑같은 말 다시 지껄여 보지?”

“너… 너 왜… 여기에?”

마스크를 벗어던진 여인, 그녀는 김두찬의 연인이자 태경에게 수모를 당했던 정미연이었다.

공교롭게도 그녀 역시 김두찬 팬클럽 회원이었고, 김두찬이 올린 글을 보게 되었다.

해서 김두찬에게 연락해 내일 현장에 직접 가서 도와주겠다고 나선 것이다.

“어? 저 여자… 영상 속에 있던 그 여잔데?”

“본인이 왔다고?”

태경의 팬들이 정미연을 보고서 술렁거렸다.

조금 전까지만 해도 여유롭던 태경의 얼굴이 잿빛으로 물들어가고 있었다.

* * *

찰칵! 찰칵!

정미연의 등장에 기자들의 플래시 세례가 터졌다.

논란이 되기 시작한 동영상 속의 주인공이 나타났으니, 이제 진실이 가려질 참이다.

게다가 이 논란을 일으킨 사람이 플레이진 리더 태경과 온갖 화제 몰이를 하고 있는 김두찬이었다.

이건 톱기사 감이었다.

태경은 놀란 와중에서도 카메라를 의식해 표정부터 관리했다.

그리고 정미연에게 웃으며 다가갔다.

"미연아. 어떻게 여기까지 왔어?"

정미연은 끝까지 가식으로 일관하는 태경에게 벌레 보듯 하는 시선을 던졌다.

"어떻게 온 건지, 그걸 지금부터 얘기해 주려고. 기자님들 잘 찍고 계시죠?"

정미연의 말에 기자들이 바쁘게 셔터를 눌러댔다.

찰칵! 찰칵!

"우선 이 동영상은 전혀 조작된 게 아님을 알려 드립니다.

동영상 속에 등장하는 여자는 제가 맞고요. 아까 태경 씨가 모자이크 운운했는데, 제가 스스로 모자이크 처리하지 말아 달라고 부탁했어요. 왜 그랬을지는 짐작이 가겠죠. 진실을 밝히기 위해서예요."

정미연이 막힘없이 혀를 놀렸다.

그럴수록 태경은 입안이 바짝바짝 말랐다.

"태경 씨가 저한테 하려던 짓은 연기 연습 따위가 아니에요. 성추행이었죠. 영상에서는 들리지 않지만 이런 말도 했었죠. 조용한 곳에서 몸의 대화를 하자. 스릴 있지 않느냐. 이건 엄연한 성희롱 아닌가요?"

태경이 어처구니없는 얼굴로 그 말을 받아쳤다.

"미연아, 너까지 왜 그래? 혹시 김 작가 소속사에서 협박이라도 한 거야? 그런 거면 나한테 얘기해! 내가 해결해 줄게!"

"끝까지 그런 식으로 나오시겠다?"

"나야말로 미치겠다, 진짜."

정미연은 태경의 계속된 연기가 가증스러웠다.

이제 그 가면을 벗길 때였다.

"네가 네 입으로 말했지? 영상에 소리가 담겨 있었다면 모든 진실이 드러날 거라고."

"…응?"

그 순간 김두찬이 스마트폰을 꺼내 메이킹필름영상을 재생

했다.

한데.

—와~ 진짜 오래간만이다.

스마트폰에서 태경의 음성이 흘러나왔다.

'뭐야……!'

놀란 토끼 눈이 된 태경을 보며 정미연이 피식 웃었다.

순간 태경은 제대로 당했다는 걸 알았다.

이 모든 것이 다 김두찬의 계획이었다.

그는 태경을 빠져나갈 수 없는 덫으로 옭아매기 위해, 팬클럽 회원들에게 소리가 없는 영상을 퍼 나르도록 했다.

현장에서 퍼진 영상을 본 태경은 깊이 생각하지 않는 성격상 당장 이 순간을 넘기기 위해 머리를 굴릴 게 분명했다.

바로 지금처럼.

그때 소리가 담긴 메이킹 필름을 보여주면 상황은 끝난다.

태경은 김두찬이 쳐놓은 덫에 완벽히 걸렸다.

동영상에서는 계속해서 두 사람의 대화가 오가고 있었다.

—반응이 왜 그래? 서운하게.

—유들거리지 마. 미친놈아. 너랑 나랑 이럴 사이야?

—반가워서 포옹 한 번 하려던 것 가지고 너무 무안 준다.

—서로 반가워야 포옹이지. 상대방이 불쾌해하면 성추

행이야.

—여기서 이러지 말고, 나가자.

—더 하면 고소할 거야.

—고소는 무슨. 보자~ 여기 빈방이 어디 있어요?

—이거 놓으라고 미친놈아!

—그냥 따라와, 좀. 어차피 여기서 나 막을 사람 없어. 당연히 네 편 들어줄 사람도 없고. 알지? 나 태경이야. 우리 둘이 조용한 곳에서 얘기도 하고.

김두찬이 그 부분에서 영상을 끊었다.

그와 동시에 사인회장이 경악으로 물들었다.

동영상을 퍼뜨린 김두찬의 팬들을 제외한 다른 사람들은 적잖은 충격을 받았다.

태경의 팬들은 혼란스러운 얼굴로 어찌할 바를 몰라 했다.

하지만 그들보다 더 놀란 건 태경 자신이었다.

설마 애초부터 이걸 노리고 먹이를 던진 것인 줄은 꿈에도 몰랐다.

만약 태경이 조금 더 머리를 쓸 줄 아는 사람이었다면 이런 낚시질에 당하지 않았을 것이다.

그러나 그는 늘 경거망동했고, 사고가 깊지 않았다.

제멋대로 행동해도 소속사에서 해결해 주니 점점 더 본능대로만 움직이곤 했다.

결국 소속사에서 태경을 망쳐놓은 것이나 다름없었다.

"조작이야!"

태경이 소리쳤다.

"조작입니다! 저는 저런 말을 한 적이 없어요!"

그가 악에 받쳐 외쳤다.

그에 김두찬이 고개를 천천히 내저었다.

"동영상에 녹음된 음성은 태경 본인의 것이 맞습니다. 아울러 카메라는 태경의 얼굴을 앞에서 비추고 있습니다. 그의 입 모양이 적나라하게 드러나죠. 영상에서 들리는 대사와 태경의 입 모양을 맞춰보기만 해도 조작인지 아닌지는 명징하게 드러날 것입니다."

찰칵! 찰칵!

또다시 기자들이 바빠졌다.

태경은 헤어 나올 수 없는 늪에 빠졌다.

벗어나려고 버둥거릴수록 그의 몸은 깊은 곳으로 침잠하고 있었다.

이제 결정타를 날릴 때였다.

"그리고 태경의 말이 거짓이라는 것을 밝힐 결정적 증거가 하나 더 있습니다."

김두찬은 잠시 멈춰놨던 영상을 다시 플레이시켰다.

정미연을 추행하려던 태경을 김두찬이 제지하는 장면이 흘러나왔다.

김두찬이 태경의 팔을 잡자, 그가 김두찬에게 몇 마디를 쏘아붙이다가 갑자기 자지러지는 곳에서 영상은 재차 멈췄다.

김두찬은 그 영상을 모두에게 보여주며 말을 이었다.

"보시다시피 저는 태경의 팔을 세게 잡지 않았습니다. 하지만 태경은 엄살을 피우며 주저앉았죠."

"세게 잡지 않았다고? 영상만 보고 그걸 어떻게 아는데요?"

"충분히 알 수 있죠."

"내가 깁스한 사진 못 봤어요? 근육이 파열돼서 이틀 동안 왼손으로 밥 먹었다고요!"

"방금 뭐라 그랬죠?"

김두찬의 눈이 예리하게 빛났다.

그에 지레 겁을 먹은 태경이 선뜻 말을 뱉지 못하고서 머뭇거렸다.

뭔가 계속 이 상황을 풀어보려 할수록 점점 더 꼬이는 것 같았다.

태경이 입을 다물자 김두찬이 계속 말했다.

"이틀 동안 왼손으로 밥을 먹었다고 했죠? 그런데 영상에서 제가 잡은 팔은 오른쪽이 아니라 왼쪽입니다."

찰칵! 찰칵! 찰칵!

"진짜 왼팔이야……."

"그런데 태경 오빠는 오른팔에 깁스했었잖아?"

"뭐야, 이거 정말?"

사방에서 플래시가 터졌고, 그 안에 태경의 팬들이 수군거리는 소리가 마구 뒤섞였다.

태경의 입이 넋 나간 사람처럼 힘없이 벌어졌다.

그 우스꽝스러운 얼굴을 보고 있던 정미연이 참지 못하고 독설을 날렸다.

"태경 씨는 왼팔이 다치면 오른팔에 깁스를 하나요?"

"푸흡!"

"크크큭!"

"커헙! 헙!"

그녀의 말에 여기저기서 웃음이 터져 나왔다.

심지어 태경의 팬 중 일부도 웃음을 참지 못해 키득거렸다.

태경의 얼굴이 치욕으로 붉게 달아올랐다.

그런 태경에게 김두찬이 물었다.

"이번엔 어떤 핑계를 댈 거죠? 또 조작이라고 할 겁니까?"

"조작… 입니다. 조작이라고."

태경이 자신의 팬들을 바라보며 말했다.

"내 팬들은 알잖아… 내가 그럴 리 없다는 거. 조작입니다… 다 조작이에요! 그렇죠? 그렇게 생각하죠?"

태경이 기대하는 눈빛으로 팬들의 목소리를 갈구했다.

하지만.

"……."

"……."

"……."

그 누구도 입을 열지 않았다.

이미 태경의 말이 거짓이라는 증거가 너무나 명명백백했다.

"왜 말들이 없어요? 당신들 내 팬이잖아요. 그럼 내 편 들어줘야 하는 거 아니야? 저거 다 조작이라니까! 이러고도 플레이진 사생팬이라고 할 수 있어? 태경의 빠순이라고 스스로 자처하던 애들 다 어디 갔냐고!"

태경이 배신감에 사무쳐 소리쳤다.

그가 이성을 잃고 날뛰려는 순간 팬클럽 회장 전경실이 나섰다.

"태경 오빠."

"어, 경실아! 우리 전 회장! 네가 말 좀 해봐. 이거 다 가짜라고! 다른 사람은 몰라도, 너는 나 믿잖아."

태경은 마지막 희망을 잡는 심정으로 전경실의 손을 움켜쥐려 했다.

그런데 전경실이 딱딱하게 굳은 얼굴로 물러나며 손을 뺐다.

"경실아……?"

"오빠. 우리가 오빠의 팬으로 남을 수 있는 건, 오빠가 팬들의 기대를 저버리지 않았을 때예요. 그런데 지금 이건 뭐죠? 오빠는 저 여자분을 희롱했고, 그 사실을 감추기 위해 거짓을 말하며 팬들을 기만했어요."

"경실아, 그게 아니라니까."

"그리고 끝까지! 지금도… 우리를 기만하고 있어요. 그런데 우리더러 오빠의 팬을 자처하라고요? 오빠가 거짓말을 하고 있는데 그걸 믿고 장님처럼 따라가라고요? 우리는 착하고 재미있고 멋진 아이돌 태경의 팬이었지, 여자나 희롱하고 다니고 그 사실을 숨기기 위해 거짓말만 일삼는 태경의 팬이 아니에요."

전경실의 말에 태경은 해머로 뒤통수를 맞는 것만 같았다.

몇 년 전까지만 해도 자기 없으면 못 산다던 중학생 아이가 이런 식으로 말을 할 줄은 꿈에도 몰랐다.

"요즘 팬들, 예전처럼 자기가 좋아하는 연예인이 잘못했음이 분명한데도 눈 가리고 아웅 하는 식으로 무조건 감싸주지 않아요. 그건 연예인을 위하는 게 아니라 더 망치는 거예요. 루키즈의 리더가 성추행 문제로 어떻게 됐는지 기억하시죠?"

그 말을 듣는 순간 태경의 심장이 덜컹 내려앉았다.

"우리는 성범죄자를 옹호할 수 없어요. 이건 팬카페 내부 규정에도 명시되어 있어요."

"그게 아니야, 경실아… 이거 다 음모야. 법대로 하면 되잖아. 내가 무죄 받으면 저거 다……."

"아뇨. 웨이브 엔터에서 손을 쓰면 얼마든지 무죄 선고받을지도 몰라요. 그럼 우리들은 다 허수아비인가요? 우리 눈으로 보고 귀로 들은 게 있는데 법원 판결만 믿고 판단하라고요? 진짜… 끝까지 너무하네요."

"경실아, 내 말은 그게 아니라."

전경실이 태경의 말을 들을 생각도 않고 회원들에게 말했다.

"저는 오늘부로 플레이진 리더 태경의 팬이 아닙니다. 아울러 오늘이 지나가기 전 태경의 규탄 성명서를 발표하고 그의 플레이진 퇴출을 위한 서명운동을 진행하겠어요."

"아……!"

태경은 나락으로 떨어지는 아찔한 충격에 비틀거렸다.

플레이진의 팬클럽 회장인 전경실이 어떻게 저럴 수 있는 건지 이해 불가였다.

하지만 전경실의 입장에서는 당연한 일이었다.

지금까지 믿고 있던 태경의 깨끗한 이미지는 전부 거짓이었고 그것은 전경실에게 있어 크나큰 배신으로 다가왔다.

배신은 곧 증오의 감정으로 바뀌었다.

속된 말로 '빠가 까로 돌아서면 무섭다'고 한다.

전경실은 지금 그것의 본보기나 다름없었다.

기댈 곳을 잃어버린 태경이 사인회 부스 의자에 쓰러지듯 앉았다.

그의 멍한 시선이 바닥으로 떨어졌다.

그런 태경의 주변으로 기자들이 우르르 몰려들어 카메라와 마이크를 들이댔다.

"태경 씨! 지금 심정이 어떠십니까?"

"김두찬 작가님의 말이 전부 사실입니까?"

"이 사인회도 김두찬 죽이기라는 추측이 돌고 있는데, 맞습니까?"

"앞으로 플레이진의 앨범 활동에 큰 곡절이 예상되는데요, 어떻게 대처하실 생각이십니까?"

정신없이 날아드는 기자들의 질문에도 태경은 혼이 나간 사람처럼 땅만 바라볼 뿐이었다.

그 광경을 지켜보는 김두찬과 정미연에게도 기자 몇이 달라붙었다.

두 사람은 기자들의 속사포 같은 질문에 '모든 건 법대로 처리하겠으며, 진실을 밝히겠다'는 대답으로 일관했다.

한편, 한참 동안 마네킹처럼 가만히 앉아 있던 태경은 뒤늦게 나타난 매니저 한주용이 부축해서 장내를 빠져나갔다.

기자들 대부분은 그런 한주용과 태경에게 따라붙었다.

김두찬은 자신을 찍는 기자 몇 분에게 인터뷰는 사인회가 끝난 뒤 하겠다 양해를 구했다.

이후 김두찬의 사인회는 예정대로 진행되었다.

반면, 주인공이 빠져 버린 태경의 사인회 부스는 침통함만 남아 있었다.

전경실은 아랫입술을 피가 나도록 깨물고서 회원들을 수습해 돌려보내고, 본인도 돌아갔다.

그런 와중, 재미있게도 집으로 돌아가는 척했던 회원 중 상당수가 김두찬의 사인을 받기 위해 몰래 줄을 서는 해프닝이 벌어졌다.

그 바람에 사인회는 예상보다 많은 사람들이 몰렸고, 김두찬의 손이 더 바빠졌다.

그의 손에 들린 펜이 100명, 200명, 500명이 넘어가는 사람들에게 사인을 해주고 있을 무렵.

인터넷은 태경의 성추행 파문으로 크게 들끓는 중이었다.

*　*　*

길고 길었던 줄도 끝이 보이고 있었다.

김두찬은 오늘 총 1,300명가량의 사람들에게 사인을 해줬다.

그리고 딱 13명의 사람이 남은 상황.

정미연은 바쁜 일이 있어 삼십 분 전, 자리를 떠났고 김두찬과 매니저 장대찬, 그리고 행사 관계자들과 기자들만 남아 있었다.

김두찬은 살짝 아려오는 손을 주무르며 12명까지 무사히 사인을 마쳤고 마지막 열세 번째 사람이 김두찬의 앞에 섰다.

그런데, 그 사람의 얼굴을 보는 순간 김두찬의 입가에 미소가 어렸다.

"소다 누나!"

김두찬이 그녀의 이름을 반갑게 불렀다.

채소다가 '에헤헤' 하고 웃더니 김두찬의 책 몽중인과 적-블루, 적-레드 세 권을 책상 위에 올렸다.

"내가 마지막이네? 일이 있어서 늦는 바람에 사인 받을 수 있을까 걱정했었는데 다행이다~!"

"사인 받으려고 줄 서서 기다렸어요?"

"응! 엄청 뿌듯해! 역시 그 김두찬이 이 김두찬이었던 거야! 진짜 신기하다."

채소다는 여태껏 자신의 정체를 숨기고서 필명인 서태휘로 김두찬과 글에 대해 소통해 왔다.

아울러 김두찬에게 개인적으로 글을 쓰고 있냐는 물음을 던진 적도 없었다.

그러다 오늘 사인회장에 불쑥 나타난 것이다.

김두찬은 그런 채소다의 의외성이 재미있었다.

"누나도 제 글 읽고 있는 줄은 몰랐어요."

"나도 네가 글 쓸 줄은 몰랐어. 계속 설마설마하면서 오늘 사인회 와본 건데 혹시나는 역시나였네."

"누나는 저한테 얘기하면 만나서 해줄 텐데 뭐 하러 줄을 섰어요?"

"이건 내가 평생 못 해본 경험 중에 하나니까!"

채소다는 김두찬을 우연히 만나 함께 고기를 먹었던 날, 깡패 같은 무리와 시비가 붙어 싸움도 나고, 경찰서까지 가보는 경험을 했었다.

그때 채소다는 상당히 신이 나서 자신이 해보지 못한 특별한 경험을 했다고 좋아하며 지금과 비슷한 말을 건넸었다.

그리고 그건 서태휘가 넷상에서 늘 말하던 작가로서의 신조였기도 했다.

김두찬이 방긋 웃고서는 고개를 끄덕였다.

"맞아요. 그렇죠. 저한테도 흔한 경험은 아니네요. 사인해 드릴게요."

김두찬의 손에 들린 펜이 바쁘게 움직였다.

그가 각각의 책에다 사인과 함께 짧은 멘트를 적어 건넸다.

채소다는 그것을 나중에 볼 생각으로 일부러 시선을 다른 곳에다 돌린 뒤, 사인이 끝나고 나서야 다시 김두찬을 바라봤다.

"다 됐어요."

"고마워, 두찬아! 앞으로도 재미있는 글 잘 부탁할게!"

"어, 그냥 가려고요?"

"사실은 나도 시간 있으면 같이 고기라든가 혹은 고기라든가 아니면 고기라든가 또는 고기 같은 걸 먹고 싶지만 발등에 불 떨어진 일이 있어서 안 될 것 같아. 사인회에서 두 시간이나 줄을 서게 될 줄은 몰랐거든."

채소다의 정신 쏙 빼놓는 화술에 김두찬이 키득거렸다.

"알았어요, 누나. 괜히 미안해지네. 다음번에 꼭 맛있는 고기 먹으러 같이 가요."

"좋아! 약속한 거다? 그럼 난 이만 가볼게~"

채소다는 책 세 권을 품에 꼭 끌어안더니 진심으로 행복한 얼굴이 되어 몸을 배배 꼬다가 후다닥 떠나갔다.

그런 채소다의 뒷모습을 지켜보는 김두찬의 입가에 의미심장한 미소가 어렸다.

* * *

집으로 돌아온 채소다는 비로소 책을 열어 사인을 확인했다.

그런데.

"어……?"

몽중인에 한 사인이 이상했다.

적-블루, 적-레드에 한 사인에는 'Dear 소다 누나'라고 적혀 있었다.

하나 몽중인에는 'Dear 서태휘 작가님'이라고 적혀 있는 게 아닌가?

"나, 난데스까!"

저도 모르게 일본어를 내뱉어 버린 채소다가 사인에 얼굴을 바짝 들이댔다.

몇 번을 다시 봐도 거기에 적혀 있는 이름은 서태휘였다.

그리고 그 밑에 이런 코멘트가 자리했다.

무슨 일이든 한 번은 경험해 보라는 말, 제게 글쟁이로서의 지침이 되어주었어요. 감사합니다. 존경합니다.

채소다가 눈을 크게 끔뻑거리다가 비명을 질렀다.

"꺄아아아앙! 들켜 버렸어~!"

그녀가 붉게 달아오른 얼굴을 두 손으로 감싸고서 발을 동동 구르며 부산을 떨었다.

"어떻게 안 거지? 난 티를 낸 적이 없는데? 뭐지? 뭐지?"

혼자서 백날 고민해 봐야 답이 나올 리 없었다.

결국 채소다는 김두찬에게 전화를 걸었다.

—네, 소다 누나.

"두찬아! 너, 내가 채소다라는 거 알았어?"

—누나가 소다 누나지 그럼 누구예요?

"아니, 아니. 서, 서태휘… 라는 거 어떻게 알았… 어?"

—전부터 짐작하고 있었어요.

"난 티를 낸 적이 없는데?"

—티 엄청 나던데요?

"어느 부분에서!"

—일단 누나가 나한테 입버릇처럼 하는 말과 서태휘 작가님의 사상이 일치했죠. 어떤 일이든 한 번은 경험해 보라는 것.

"그건… 서로 다른 사람이라도 사상이 비슷할 수 있는 거잖아."

—맞아요. 그런데 누나가 연재하는 신작 보고 확신이 왔어요.

"내 신작?"

—네. '킹카 퀘스트'요. 거기 등장하는 주인공 '이젤 발렌타인'이 안여돼였다가 우연히 요정왕의 목숨을 구해준 덕에 여러 가지 혜택을 받아 점점 멋져지는 거잖아요.

김두찬은 그 글을 읽으면서 지금 자신의 상황과 많이 매치가 되어 대단한 흥미를 느꼈었다.

—근데 일전에 카페에서 만났을 때 누나가 저한테 안여돼에 대해서 진지하게 질문했던 거 기억나죠?

"어… 으으, 그랬었어."

—하하, 그래서 혹시나 하고 찔러본 건데 이렇게 바로 반응이 올 줄은 몰랐네요.

"찌, 찔러본 거였어? 확신한 게 아니었구나. 내가 경거망동했다는… 소무룩."

—미안해요, 누나. 반드시 비밀 지킬게요. 너무 걱정하지 말아요.

"응. 부탁할게, 두찬아. 진짜 어디 가서 말하면 안 돼! 이미 알아버린 넌 어쩔 수 없는 거지만."

—근데 무슨 이유 때문에 그렇게 정체를 감추고 글을 쓰려는 건지 물어봐도 돼요?

"음… 그건 말하기에는 조금 복잡한 사연이 있는데……."

—그럼 나중에 고기 먹으면서 얘기할까요?

그러자 지금껏 침울해 있던 채소다가 금방 밝아졌다.

"역시~ 두찬이는 좋은 사람이야! 그래! 고기 먹으면서 얘기하자. 헤헤."

—네. 그래요, 그럼. 제가 빨리 시간 내서 연락드릴게요. 아무튼 누나 미안했고, 고마워요. 그리고 책에 적은 것처럼 진심

으로 존경해요.

"어머, 무슨 존경까지. 그런 말 들으면 나 부끄러워져."

채소다는 홍조가 오른 얼굴로 몸을 살랑살랑 흔들었다.

—오늘 사인회 와줘서 정말 고맙고 반가웠어요. 그럼 조만간 만나요.

"응~ 들어가, 두찬아~"

전화를 끊은 채소다는 침대에 대자로 드러누웠다.

천장을 가만히 바라보고 있는 그녀의 머릿속으로 여러 가지 생각과 감정이 복합적으로 흘러갔다.

출판사 관계자 외엔 누구한테도 자신의 정체를 들키지 않으리라 다짐했던 채소다였다.

그런데 김두찬에게 들키고 말았다.

한데 그게 그다지 기분이 나쁘지는 않았다.

오히려 묘한 희열 같은 것이 가슴에 남았다.

*　　*　　*

6월의 마지막 날.

태경의 성추행 사건은 법정 판결과 관계없이 언론에서 사실로 인정되는 분위기였다.

하지만 웨이브 엔터테인먼트에서는 이를 인정하지 않았다.

그들은 그간 쌓아놓은 회사의 저력을 발휘해 태경의 사건을 막으려고 애썼다.

그러나 플레이 인이 그에 강력하게 대응했다.

플레이 인의 사장은 정태산이다.

자신의 딸이 태경에게 성추행을 당했다는 걸 알게 된 순간, 그의 눈이 돌아갔다.

"태경이 이 개자식, 두 번 다시 연예계에 얼씬도 못하도록 만들어 버려!"

정태산은 회사의 모든 인력, 재력을 풀가동시키고 굵직한 인맥들에게 연락을 취해 본격적인 태경 족치기에 들어갔다.

그동안 웨이브 엔터테인먼트는 플레이 인과 제대로 맞붙은 적이 없었다.

둘 다 워낙 거대한 회사이다 보니 그런 충돌을 일으켜 좋을 것이 없었다.

그리고 웨이브 엔터테인먼트의 사장은 내심, 붙게 된다면 자신들이 이길 수 있을 것이라 생각해 왔다.

하지만 그 생각이 완벽하게 틀리고 말았다.

정태산은 호랑이가 아니라 용이었다.

정태산이 제대로 마음먹고 일을 추진하자 웨이브 엔터 측은 제대로 기를 펼 수조차 없었다.

태경을 살리겠다고 진행하는 모든 일들이 막히고 엎어지고 사라졌다.

언론은 이미 태경의 만행에 대해 지속적으로 떠들어대고 있었다.

거기에 엎친 데 덮친 격으로 태경에게 성추행과 성희롱, 성폭행까지 당했다는 여자들이 나타나기 시작했다.

그녀들의 신분은 대부분 무명 여배우, 신인 여자 아이돌이었다. 게다가 스스로를 태경의 팬이'었'다고 밝히는 여자도 있었다.

즉 태경은 연예계 종사자뿐만 아니라 그의 팬클럽 회원에게도 손을 댔던 것이다.

문제는 거기서 그치지 않았다.

태경에게 당한 일을 증언하겠다고 나선 여자들 중 플레이인 소속 신인 배우가 둘이나 됐다.

이미 태경을 잡기 위해 혈안이 되어 있던 정태산의 분노가 한 번 더 폭발했다.

이제는 연예계에 발을 들이지 못하게 하는 것으로 만족할 수 없었다.

정태산은 태경이라는 인간의 인생 자체를 망가뜨리기로 마음먹었다.

당장 태경을 대상으로 대대적인 법적 대응 절차를 밟아나갔다.

그 무렵 플레이진의 팬카페에도 난리가 났다.

태경의 만행에 그의 팬으로 남기를 원치 않는다는 성명서가 공식 발표된 것이다.

동시에 태경의 플레이진 퇴출을 요구하는 서명운동도 벌어졌다.

태경 개인의 팬카페는 이미 사건이 터진 날 폐쇄되었다.

그에 태경은 자신의 소속사 사장을 찾아가 독대를 청했다.

이 문제를 빨리 진압해 달라고 요구하기 위해서였다.

그러나 이미 소속사에서도 할 수 있는 일은 다 하고 난 뒤였다.

시간이 흐를수록 태경의 문제는 일파만파 퍼져 나가 점점 더 덩치를 불리고 있었다.

이대로라면 법정 공방에서도 필패할 게 뻔했다.

그리되면 태경은 징역을 살아야 할 판이었다.

그가 건드린 숱한 여성들 중 용기 있는 이들이 신변의 보장을 요구하며 증언을 하고 있는 데다가 정미연 사건은 증거가 명확했다.

이런 상황이니만큼 웨이브 엔터테인먼트에서도 태경을 더 편들어주기가 힘들었다.

태경은 이제 캐시카우에서 한시바삐 버려야 할 카드로 전락했다.

품고 있으면 회사의 이미지만 계속해서 나빠질 터였다.

이미 웨이브 엔터테인먼트의 주식은 나날이 하락하는 중이었다.

결국 사장과의 독대에서 아무것도 해결하지 못한 태경은 마지막 카드를 꺼내 들기로 했다.

진여령.

태경이 주기적으로 만나 몸을 섞는 50대 여자 국회의원의 이름이었다.

"진여령이라면… 이 상황을 덮어줄 수 있을 거야."

태경이 기대하며 진여령에게 전화를 걸었다.

하지만 진여령은 그의 전화를 받지 않았다.

아니, 이미 그녀의 전화번호는 태경의 사건이 터지던 날 바꿔어 버린 뒤였다.

진여령은 반짝반짝 빛나는 별 같은 태경을 좋아했던 것이지, 성폭행범 낙인이 찍힌 태경을 좋아하는 게 아니었다.

이미 태경은 진여령에게 소유 가치가 없는 인간이었다.

"…어떻게 다들 나한테 이럴 수가 있지……?"

마지막 수단까지 사용할 수 없게 되어버린 태경이 망연자실했다.

그러던 와중 그날 저녁, 태경에게 더 큰일이 터졌다.

플레이진의 멤버들이 태경을 제외한 채 기자회견을 연 것이다.

그들은 일제히 입을 모아 태경의 플레이진 리더 자격을 박탈하고, 그룹에서 퇴출한다는 뜻을 전했다.

자신의 저택에서 홀로 텔레비전을 보다 그 장면을 접하게 된 태경은 아찔해지는 정신을 바로잡지 못하고서 그대로 졸도했다.

소파 위에 엉망으로 널브러진 태경의 모습에서는 더 이상 찬란하게 빛나던 스타의 모습을 찾아볼 수가 없었다.

얼마 전까지만 해도 세상을 마음대로 주무를 수 있을 것만 같았던 그였는데, 지금은 가장 초라한 인간이 되고 말았다.

소속사와 같은 멤버들, 팬클럽 회원들, 그리고 국회의원까지.

그의 든든한 아군들이 전부 등을 돌리고 혼자 남았다.

소속사에서는 이미 그와의 계약 해지를 위한 절차를 밟는 중이었다.

당연한 수순으로 드라마 주연 계약까지 파기되었다.

이것은 오로지 태경의 부주의한 행동으로 이미지에 손실이 생김에 따라 파기된 계약이므로 드라마 제작 지연에 관한 손해배상은 전부 태경 개인이 해야 할 판이었다.

그뿐인가?

태경이 찍은 CF도 더 이상 방송에 내보낼 수 없었다.

그가 모델로 나선 브랜드 상품은 이미지에 심각한 타격을 입었다.

당장 태경을 모델로 기용한 모든 회사에서 위약금과 손해배상금을 청구해 왔다.

그 액수가 수백억에 달했다.

하루아침에 태경은 모든 걸 잃고 빚쟁이가 될 처지에 놓였다.

이제 태경을 위해줄 사람은 어디에도 존재치 않았다.

그는 외로운 법정 싸움을 벌여야 할 것이고, 싸움의 대상은 무려 플레이 인의 정태산 사장이다.

이미 끝은 한 인간의 파국으로 정해진 것이나 다름없었다.

태경은 하늘 아래 무서울 게 없던 사람이었다.

하지만 건드려서는 안 될 것이 있다는 걸 그는 몰랐다.

김두찬을, 그리고 그의 소중한 사람을 건드린 대가는 컸다.

Liking 60

청도의 꿈

하루하루 지옥 같은 시간을 견뎌내고 있는 태경과 달리 김두찬은 승승장구하는 중이었다.

이번 사건으로 언론에서는 김두찬과 정미연이 연인 아니냐는 추측이 돌았고, 두 사람은 이를 쿨하게 인정했다.

그것은 태경의 성추행 파문을 잠시 눌러 버릴 만큼 장안의 화제가 되었다.

두 사람은 외모, 능력, 재력 어느 것 하나 부족한 게 없는 완벽한 이들이었다.

그런 둘의 연애는 뭇 사람들의 부러움과 시샘을 동시에 사게끔 만들었다.

한데 김두찬이 정미연과의 열애를 인정하며 미처 생각 못했던 부분이 있었으니…….

바로 그의 가족이었다.

*　　　　*　　　　*

7월의 첫째 날.

그날은 김두찬과 정미연의 연애 소식이 세간에 알려진 날이자, 첫 유료 연재 수익이 정산되는 날이기도 했다.

대학은 이미 저번 주에 방학을 했다.

해서 김두찬은 촬영이나 인터뷰 같은 개인 스케줄 외엔 도서관에서 지식을 습득하거나 집필을 하는 데 시간을 보냈다.

영웅의 노래는 이미 마지막 화까지 연재가 끝났다.

그게 바로 어제였다.

인터넷에 연재된 건 총 310화였다.

당초 예상했던 건 12권이었는데, 막상 집필하다 보니 15권으로 3권 분량이 늘어나게 됐다.

오후 3시.

김두찬의 스마트폰으로 유료 연재 수익 입금 문자가 왔다.

김두찬은 두근거리는 마음으로 얼마가 입금되었는지 확인

했다.

"헉."

액정에 뜬 액수를 본 순간 김두찬은 저도 모르게 헛숨을 들이켰다.

"34억……?!"

34억.

세금을 제하고 들어온 금액이었다.

무려 34억을 한 달 만에 벌었다.

그것도 다른 일이 아닌 글을 써서 말이다.

김두찬은 이게 꿈이 아닌가 싶었다.

이 정도의 돈이 들어올 거라는 걸 예상 못 했던 건 아니었다.

하지만 그 액수를 막상 눈으로 보고 나니 너무 현실감이 없었다.

김두찬은 인터넷뱅킹에 접속해 계좌의 잔액을 조회했다.

김두찬이 기존에 벌어놓은 돈 4억에 34억이 추가로 입금되어 총 38억 정도의 돈이 저축되어 있었다.

'진짜야. 이게 내 돈이야. 내가 글을 써서 번 돈이야.'

이제 전부터 생각했던 일들을 현실로 만들어야 할 때가 왔다.

우선 이 낡은 집부터 바꾸고 싶었다.

마당이 달린 멋진 집으로 이사 가서 정원을 가꾸고, 덩치 큰 강아지도 키우면서 즐겁게 남부럽지 않게 사는 것이 김두찬의 첫 번째 목표였다.

'당장 오늘 밤에 부모님과 얘기를 해봐야겠어.'

쇠뿔도 단김에 빼랬다.

통장에 충분한 돈이 있는데 묵힐 이유가 없었다.

'부모님 자동차도 새로 하나 뽑아드려야지. 식당에는 뭐 필요한 거 없나?'

통장을 보며 행복한 고민에 빠진 김두찬이었다.

*　　*　　*

밤 11시가 다 되어가는 시간.

김두찬은 김두리와 거실 소파에 앉아 텔레비전을 시청하고 있었다.

하지만 김두리는 도통 텔레비전에 집중하지 못했다.

"진짜, 진짜야?"

벌써 저 질문을 백 번은 넘게 했다.

"응, 진짜야."

김두찬은 녹초가 된 얼굴로 김두리의 질문에 대답해 줬다.

"헐, 대박 중에 초대박. 어떻게 미연 언니가 오빠랑 사귈 수가 있어?"

"너 말에 어폐가 있다? 내가 어디가 어때서?"

"아니, 뭐 그렇다는 게 아니라… 그냥 뭔가 안 믿겨서 그렇지. 미연 언니 정도면 좀 더……."

김두찬이 눈을 가늘게 떴다.

이를 본 김두리가 얼른 입을 닫고 배시시 웃었다.

김두찬에게 용돈을 받기 시작한 이후로 김두리는 감히 함부로 까불어대지 못했다.

"그건 그렇고, 오빠는 어떻게 그런 엄청난 얘기를 인터넷 기사로 접하게 만들 수가 있어? 너무한 거 아냐?"

"그걸 굳이 말하고 다니는 것도 좀 오버 아니야?"

"그게 뭐가 오버야? 애인이 무려 미연 언닌데! 나 같으면 하루 종일 자랑하고 다니겠다."

"내 연애는 내가 알아서 할게."

그때 마침 부모님이 식당에서 돌아왔다.

김승진과 심현미는 김두찬을 보자마자 헐레벌떡 다가와서는 누가 먼저랄 것도 없이 물었다.

"두찬아! 진짜냐?"

"아들~ 정말 여자 친구 생겼어?"

김두찬은 당황해서 눈을 두어 번 끔뻑거리다가 고개를 끄덕였다.

"네. 미리 말씀 못 드려서 죄송해요."

"아니, 그거야 뭐… 네 연애니까 알아서 하는 건데. 으흠."

김승진이 말을 하다 말고 턱을 쓰다듬었다.

그러자 그 뒷얘기를 심현미가 대신 내놓았다.

"네 아빠는 직접 한번 보고 싶은 거야."

"제 여자 친구를요?"

"그럼~ 엄마도 그렇고. 우리 아들이 평생 가도 연애라고는 못 해보는 거 아닌가 싶었는데, 애인이 생겼다니까 어떤 사람인지 너~ 무 궁금한 거 있지?"

"그래. 네 엄마 마음이 내 마음이다. 낳아놓긴 참 잘 낳아놨는데 도통 여자는 모르고 사니, 저거 저렇게 숙맥처럼 지내다가 결혼이나 할 수 있을까 여간 걱정되는 게 아니었어."

심현미와 김승진의 말을 가만히 듣던 김두리가 불쑥 끼어들었다.

"엄마! 아빠! 지금 그게 중요한 게 아니야! 오빠가 사귀는 사람이 정미연이라니까? 우리나라에서 엄청 잘나가는 스타일리스트인 데다가 다섯 손가락 안에 드는 온라인 쇼핑몰 사장이라고!"

"아빠는 그런 어려운 거 모르겠고, 그냥 한번 날 잡아서 식사나 같이 했으면 좋겠다. 뭐 맛있는 거라도 대접해 주고 싶구나."

"그 자리에 엄마도 꼽사리~ 근데 너무 부담 갖지는 말고. 우리 아들이나 여자 친구, 둘 중에 한 사람이라도 불편할 것 같으면 오늘 얘기는 없던 걸로 해도 돼."

"으흠."

심현미의 말에 김승진이 마지못해 고개를 끄덕였다.

김승진은 아들의 여자 친구가 너무나도 궁금했다.

"저는 괜찮아요. 그런데 미연 씨 입장이 어떨지는 모르겠어요. 한번 물어보고 말씀드릴게요."

"그래, 뭐 서두를 필요는 없다."

"네. 아, 그보다 제가 오늘 드리고 싶은 말이 있었는데요. 슬슬 우리 가족도 이사를 가야 하지 않을까 싶어서 가족회의를 한번 열었으면 했어요."

"이사? 이제 겨우 빚 갚아나가는 차에 이사는 무슨."

"그럼 너무 일러."

부모님이 고개를 절레절레 저었다.

그에 김두찬이 스마트폰으로 인터넷뱅킹에 접속했다.

그리고 자신의 통장에 저축된 금액을 조회해서 보여주었다.

이를 확인한 김승진과 심현미는 선뜻 가늠이 안 되는 액수에 잠시 돌이 되었다.

김두찬이 두 사람에게 다시 물었다.

"이사 가도 되겠죠?"

부모님은 언제 고개를 저었냐는 듯 빠르게 끄덕였다.

두 분의 곁에서 함께 액정을 보던 김두리는 소스라치게 놀라 고함을 질렀다.

김두찬이 함박웃음을 머금었다.

* * *

38억의 흥분이란 쉽게 가실 수가 없는 일이었다.

잔뜩 들뜬 부모님과 한참 떠들고 나니 자정이 훌쩍 넘어버렸다.

내일 다시 일을 나가야 하는 부모님은 놀란 가슴을 애써 진정시키고서 그만 자야겠다며 안방으로 들어갔다.

김두리도 하품을 하며 자기 방으로 기어갔다.

가족들이 전부 흩어지니 김두찬도 방으로 돌아와 컴퓨터 앞에 앉았다.

그리고 글을 써 내려가려는데 누군가에게 메시지가 왔다.

액정에는 조선호 할아버지라는 이름이 떠 있었다.

서로아의 친할아버지였다.

'이 밤중에?'

혹시 안 좋은 일이라도 생긴 건가 급하게 문자를 확인했다.

—두찬 학생, 혹시 자고 있나요?

김두찬은 바로 답문을 보냈다.

—아니요. 아직 깨어 있어요. 늦었는데 왜 안 주무시고 계세요? 어디 불편하시거나 안 좋은 일 있으신 건 아니죠?

—아직 안 자요. 전화 가능한가요?

김두찬이 바로 조선호에게 전화를 걸었다.

신호음이 몇 번 가지 않아 조선호는 김두찬의 전화를 받았다.

—두찬 학생, 밤중에 미안해요.

그리 말하는 조선호의 음성이 미세하게 떨리고 있었다.

"미안해하실 필요 없어요. 그런데 무슨 일이세요?"

—다른 게 아니라… 우리 로아가 두찬 학생 목소리가 너무 듣고 싶다고 해서 실례를 했어요.

"로아가요?"

그러고 보니 요즘엔 바빠서 통 서로아를 보러 가지 못했었다.

김두찬이 찾아가면 그토록 신난 얼굴로 두 팔 벌려 달려드는 아이였다.

한데 좋아했던 사람이 오지 않았으니 목소리라도 듣고 싶을 만했다.

김두찬은 괜히 서로아에게 미안해졌다.

"그럼요. 로아 바꿔주시겠어요?"

—여보세요. 두찬 오빠?

"응~ 로아야. 잘 지냈어?"

—응! 오빠 생각하면서 씩씩하게 지냈어! 근데 오빠 요새 많이 바빠요?

"미안해, 로아야. 요즘 오빠가 로아 보러 가지 못했지? 일이 너무 많아서 그랬어. 내일 보러 갈까?"

김두찬은 서로아가 당장 보러오라고 할 것이라 생각했다.

한데 그의 예상은 보기 좋게 빗나갔다.

—아니요! 지금 말고… 보름 후에 오세요!

"응? 오빠 보고 싶은 거 아니었어?"

—그렇긴 한데… 건강한 모습 보여주고 싶어서… 헤헤.

그 말에 김두찬은 설마 하며 물었다.

"로아야. 너, 수술하니?"

—네! 내일로 날짜 잡혔어요.

"정말? 우와~ 잘됐다! 축하해, 로아야!

—의사 선생님이 수술은 별로 어렵지 않은데, 하고 나서 보름 정도가 많이 힘들고 아플지도 모른대요. 그다음부터는 괜찮아질 거라고 그랬어요. 그러니까 보름 후에 로아 보러 와줘요~

"그때까지 오빠 못 봐도 괜찮겠어? 수술하는 거 보러 갈까?"

—아니요! 로아는요, 이제 좋아하는 사람들한테 아픈 모습 보이기 싫어요. 건강한 모습만 보여주고 싶어요. 그러니까 보름 후에 만나러 와줘요!

그 말에 김두찬의 가슴이 뭉클해졌다.

목 아래에서부터 뜨거운 것이 솟구쳐 올랐지만 꾹 내리눌렀다.

"그래, 로아야. 로아가 하자는 대로 할게. 보름 뒤에 건강한 로아 꼭 보러 갈게."

—꼭 와야 돼요, 두찬 오빠. 약속이에요.

"그럼! 오빠가 그때 선물 사 갈게. 로아 좋아하는 인형 사 갈까? 아니면……."

—오빠! 혹시… 혹시요.

"응, 혹시?"

—그냥 재미있는 이야기 해줄 수 있어요?

"이야기?"

—네.

"이야기는 갑자기 왜?

스마트폰 너머로 뭔가 망설이듯 웅얼거리는 서로아의 음성이 들려왔다.

김두찬은 그런 서로아가 귀여워 웃음을 머금고 재차 물었다.

"편하게 말해봐, 로아야. 이야기가 왜 듣고 싶어?

—그게요… 로아가 만화를 그리고 싶은데 재미있는 이야기가 떠오르지를 않아요. 근데 오빠는 작가니까 재미있는 이야기를 많이 알고 있지 않을까 싶어서요.

서로아의 꿈은 만화가다.

그래서 평소에 웹툰 보는 것을 즐긴다.

그런 서로아가 본격적으로 만화를 그려보고 싶은 모양이었다.

김두찬은 그런 서로아의 생각이 기특했다.

—그래서 재미있는 이야기를 선물로 받고 싶어요. 괜찮을까요?

"당연히 괜찮지. 재미있는 이야기, 얼마든지 해줄게."

—우와! 정말요?

"그럼~ 보름 후에 정말 정말 재미있는 이야기 들고 갈 테니까 건강한 모습으로 기다리고 있어야 돼. 알았지?

—네! 감사합니다! 헤헤. 오빠, 저 이제 자야 돼요. 할아버지가 오빠 바쁜데 너무 시간 많이 뺏지 말라고 했어요. 꿈에서 만나러 갈게요!

"응~ 고마워, 로아야."

뚝.

전화는 그렇게 끊겼다.

서로아가 조선호에게 전화를 돌려주지도 않고 끊어버린 모양이었다.

김두찬의 입에 절로 미소가 어렸다.

그런데, 갑자기 굳게 닫힌 문 앞에서 인기척이 느껴졌다.

'누구지?'

김두찬은 김두리인가 싶어 성큼성큼 다가가 문을 활짝 열었다.

한데 문 앞에 서 있는 사람은 김두리가 아니었다.

살짝 당황한 얼굴로 엉거주춤 서 있는 이는 다름 아닌 김승진이었다.

"아빠?"

"어험! 자다가 오줌이 마려워서……."

"네?"

"화장실 갔다가 들어가는 길이었다."

"아… 네."

"절대 네가 생각하는 그런 거 아니다. 그냥 궁금해서… 우리 아들이 연애를 잘 하나……."

"…네?"

김승진의 얼굴이 붉어졌다.

"그… 여자들은 말이다. 기념일, 생일, 잘 챙겨주고 이유 없이 투정 부릴 때도 시원시원하게 넘어가 주고 하면 돼. 여자의 행동에 일희일비하지 말고 태평양 같은 마음을 가져야 한다. 바다는 비에 젖지 않는 법이야. 알지?"

"네, 아빠. 무슨 말씀인지 알겠어요."

"어떤 사람인지 아직 모르지만 서로 마음을 나눴다는 건 절대 가벼운 일이 아니다. 착하고 좋은 사람이라면 그만큼 너도 노력하고 잘해줘라. 아빠는 그렇게 해서 네 엄마처럼 좋은 여자랑 결혼……."

그때 안방에서 심현미가 소리쳤다.

"애한테 감 놔라, 배 놔라 그만하고 빨리 들어와요!"

"아, 알았어!"

김승진이 부리나케 안방으로 들어갔다.

안방 문이 닫히기 전 다시 한번 심현미의 목소리가 들려왔다.

"나랑 중매결혼 했으면서 연애는 무슨……."

"어, 어허. 두찬이 듣겠네."

탁.

방문이 닫힌 뒤 김두찬은 저도 모르게 웃음이 터졌다.

오늘따라 아버지의 모습이 유독 귀여웠다.

다시 문을 닫고 방으로 들어온 김두찬은 글을 더 적으려다 말고 생각에 잠겼다.

'음… 재미있는 이야기라.'

서로아가 좋아할 만한 건 아무래도 동화 쪽 이야기가 아닐까 싶었다.

웹툰을 보고 있다고 하지만 나이가 나이인지라 아직 저 연령대의 아이들이 이해할 수 있을 만한 것들을 주로 보곤 했다.

'하지만 동화는 아직 한 번도 써본 적이 없는데. 가능할까?'

김두찬은 홀로 물음을 던졌다.

전에는 이쯤에서 로나의 의지가 전해지곤 했다.

그런데 지금은 그의 물음은 허공을 맴돌다가 그저 사라질 뿐이었다.

'로나… 대체 언제쯤 잠에서 깨어나는 거야?'

로나는 김두찬이 인생 역전의 시스템이 없어도 잘 살아갈 수 있을 만큼 안정화가 되면 돌아오겠노라 말했다.

한데 아직도 소식이 없다는 건 여전히 김두찬이 인생 역전의 시스템이 없는 세상에 완벽하게 적응할 준비가 덜 됐다는 말이었다.

'다시 돌아오는 게 맞긴 맞는 걸까?'

문득 김두찬은 로나가 두 번 다시 돌아오지 않는 건 아닌지 걱정됐다.

그때였다.

김두찬의 눈앞에 한동안 볼 수 없었던 시스템 메시지가 떠올랐다.

*　　　*　　　*

[퀘스트 발동 – 서로아를 만족시켜 줄 동화를 집필해 읽어주세요.]

[퀘스트: 직접 집필한 동화책을 읽어 서로아의 만족도를 70 이상 충족시켜라. 만족도 0/100]

'퀘스트가 발동했어!'

김두찬의 가슴이 쿵쾅거리며 뛰었다.

'로나! 깨어난 거야? 로나!'

그가 속으로 로나를 계속해서 불렀다. 하지만 로나에겐 아무런 대답도 들려오지 않았다.

대신 퀘스트 관련 메시지가 사라지고 새로운 메시지가 나타났다.

[제가 잠들어 있는 동안에도 퀘스트는 계속될 거랍니다~ 그러니 놀라지 말고 열심히 클리어하셔서 하트를 가득 채우길 바랄게요. 이건 미리 남겨놓는 메시지랍니다. 그럼 전 다시 만날 날을 기다리며, 뿅.]

"아……."

로나가 깨어난 게 아니었다.

퀘스트는 그녀가 잠든 것과 별개로 진행되는 것이었다.

"…이런 건 그냥 미리 말해줬으면 좋았잖아. 사람 놀래키고. 악취미야."

김두찬이 한숨을 쉬었다.

갑자기 마음속 한편이 허했다. 그에 따라 기분도 조금 다운되었다.

김두찬은 계속 아래로 침잠하려는 기분을 얼른 끄집어 올렸다.

머리를 탈탈 털고 뺨을 가볍게 두드렸다.

쳐진 기분으로 있어봤자 나아질 건 아무것도 없다는 걸, 김두찬은 누구보다 잘 알고 있었다.

무엇보다 이런 식으로 로나에게 휘둘릴수록 그녀가 돌아오는 데 걸리는 시간은 점점 더 길어질 터였다.

'지금은 다른 것보다 퀘스트에 집중하자.'

마침 나타난 퀘스트는 서로아가 만족할 만한 동화를 집필하라는 것이었다.

굳이 퀘스트가 아니더라도 해야 할 일이었는데 잘됐다 싶었다.

다만 한 가지 걸리는 게 있었다.

퀘스트를 클리어하려면 서로아의 만족도를 70 이상 올려야 한다는 것이다.

즉, 아이한테 써주는 동화랍시고 마구잡이로 집필하지 말라는 것이었다.

'애초부터 그럴 생각도 없었어.'

김두찬은 서로아에게 최고의 동화를 선물해 주고 싶었다.

어차피 지금은 영웅의 노래를 완결 지었기 때문에 연재할 일이 없어서 여유가 있었다.

'좋아. 써보자.'

아직 동화라는 분야에는 도전해 본 적이 없었다.

하지만 자신이 가지고 있는 능력들이라면 충분히 집필할 수 있을 듯했다.

타타타타탁! 타타탁!

김두찬이 머릿속에 떠오르는 영감들을 두서없이 써나가기 시작했다.

하얀 원고 파일에 검은 글씨들이 빼곡히 적혀 나갔다.

*　　　*　　　*

일주일이 지났다.

그동안 김두찬은 로아에게 줄 동화의 가닥을 겨우 잡았다.

본래 그의 속도면 벌써 동화가 하루에 세 편씩은 나와야 했다.

그런데 이게 마음처럼 되지 않았다.

애니메이션을 집필한 경험이 있어서 그다지 어렵지 않겠거니 하고 덤볐는데, 도통 마음에 드는 글이 나오지 않는 것이다.

'무엇이 문제일까.'

고민하던 김두찬은 자신이 아직 아이들의 감성을 완벽하게 이해하지 못하는 것에 원인이 있지 않나 싶었다.

해서, 상상 공유로 동네 어린아이들의 상상 속으로 들어가 그 세상을 체험해 봤다.

이후에는 드림 룰러의 능력으로 속 세상을 조종해 직접 어린아이가 되어 많은 것을 체득했다.

김두찬이 짐작했던 것보다 아이들의 감성은 단순하면서도 복잡했다.

아이들은 이성보다는 본능에 충실하는 것이 일견 단순해 보인다.

그러나 아이들에게는 세상의 때가 묻지 않아 '틀'이라는 게 없다.

이른바 고정관념이 존재치 않는 것이다.

하면 되는 것, 안 되는 것, 더러운 것, 깨끗한 것, 나쁜 짓,

착한 짓, 가능한 것, 불가능한 것, 위험한 것, 안전한 것.

이러한 개념들이 온전히 자리 잡혀 있지 않았다.

그것은 곧 어린아이들의 감성과 상상의 한계가 어마어마하게 넓다는 뜻이었다.

틀이 없기 때문이다.

고정된 관념은 상상력까지 그 틀 안에 가둬 버린다.

그러나 고정되지 않은 관념은 우주처럼 넓고 거대한 상상을 하게 만든다.

여기서 더 중요한 건 김두찬이 느껴야 하는 것이 상상보다는 감성이라는 것이다.

아이들의 감성을 이해하면 거기에 어우러지는 재미있는 이야기를 만들어낼 수 있었다.

'서로아는 또래 아이들보다 조금 더 성숙한 면이 있으니…….'

너무 유아틱한 이야기를 생각해서는 안 된다.

어른들을 위한 동화와 아이들의 동화, 그 중간 선상의 감성으로 이야기를 만드는 게 포인트였다.

김두찬은 비로소 가닥을 잡고 워드 파일에 동화 제목을 크게 적었다.

—청도의 별

* * *

김두찬이 열심히 청도의 별을 집필하고 있을 무렵.

수술이 무사히 끝난 서로아는 회복기를 가지고 있었다.

사실 수술이라고 할 것까지도 없었다.

예전에는 골수 이식의 과정이 어렵고 복잡했는데, 요즘은 기술이 좋아져서 헌혈하듯이 피를 뽑아 골수를 채취할 수 있었다.

물론 이것을 가능케 하기 위해서는 골수 기증자가 고생을 좀 해야 했다.

몸 관리는 기본이고 병원에 주기적으로 와 이것저것 검사를 해 상태를 체크하고 필요한 주사제를 맞기도 했다.

그 과정을 한 달 동안 치른 뒤 드디어 골수를 채취했고, 그것을 서로아에게 이식해 주었다.

골수를 뽑아낼 때처럼 이식하는 과정도 피를 수혈하듯 진행됐다.

물론 그 전에 서로아는 항암제로 남은 골수를 전부 다 없애버리는 과정을 끝낸 이후였다.

새로운 골수가 들어와 자리 잡기까지는 2주 정도의 기간이 걸린다고 했다.

일주일이 지난 지금, 서로아는 자주 빈혈에 시달렸다.

아직 골수가 완벽히 자리 잡기 전인지라 당연히 따라오는 현상이었다. 게다가 면역력까지 떨어져서 건강과 청결에 특히 주의가 필요했다.

그래도 서로아는 병이 낫는 과정이라는 생각에 마냥 밝기만 했다.

만화가가 꿈인 어린아이는 얼른 나아서 김두찬과 다시 만날 날만을 손꼽아 기다렸다.

*　　*　　*

7월 16일, 일요일.

오늘은 서로아와 약속한 보름이 되는 날이다.

김두찬은 어제 조선호로부터 서로아가 아무 탈 없이 건강하게 회복되었다는 말을 들었다.

서로아는 지금 병원에서 퇴원해 집에 있다는 얘기도 함께였다.

그에 김두찬은 당장 걱정부터 앞섰다.

조선호의 집을 직접 방문해 본 입장에서 그곳이 얼마나 낙후된 공간인지 익히 알고 있었기 때문이다.

'크라우드 펀딩으로 모은 돈이 상당한 걸로 알고 있는데.'

그전까지는 로아 때문에 정신이 없었다고 해도, 이제는 건강을 되찾는 단계니 어련히 이사를 가실 것이란 생각이 들었다.

김두찬이 무려 다섯 번의 퇴고를 거쳐 탄생한 청도의 꿈을 죽 읽어본 뒤, 고개를 끄덕였다.

'이거면 됐어.'

그가 원고를 프린트해서 가방에 챙겼다.

지금 시간은 오후 3시.

슬슬 출발하면 될 것 같았다.

집 밖으로 나온 김두찬을 검은색 밴이 문 앞에서 맞이했다.

그가 차에 올라타자마자 장대찬의 경쾌한 인사가 들려왔다.

"좋은 오후입니다, 김 작가님!"

"어제 잘 들어가셨어요, 장 매니저님?"

어제는 뷰티미닷컴의 촬영이 있었다.

한데 촬영이 끝나고 김두찬과 정미연은 둘이서 오붓하게 술 한잔을 나누게 됐다.

김두찬은 늘 그렇듯 술을 마시게 될 땐 장대찬에게 먼저 들어가라고 했다.

그러나 장대찬 역시 늘 그렇듯 끝까지 김두찬을 기다렸다.

결국 장대찬은 두 사람의 술자리가 끝난 뒤, 그들을 목적지까지 데려다준 다음에서야 귀가했다.

김두찬은 오늘 아침을 정미연의 집에서 맞았고, 그녀가 차려준 북엇국에 해장을 한 뒤 돌아온 것이다.

어젯밤 김두찬은 자신의 부모님이 정미연을 보고 싶어 한다는 말을 술을 나누며 전했다.

조금 불편해하지 않을까 싶었던 김두찬의 생각과 달리 정미연은 망설임 없이 고개를 끄덕였다.

그녀 역시도 김두찬의 부모님을 뵙고 싶다 말했다.

그에 김두찬은 조만간 날을 잡아 함께할 자리를 마련해 보기로 했다.

지이이잉—

차를 타고 한참 이동하던 와중 부동산에서 전화가 왔다.

"네, 강 사장님."

강동수 사장.

김두찬이 좋은 매물을 구해달라고 부탁한 부동산 사장이었다.

"네. 아 거기에 2층 단독주택이 나왔다고요? 네, 네. 저번에 말씀드렸다시피 가격은 크게 상관없어요. 제가 말씀드린 조건만 제대로 갖췄으면 돼요. 아, 그래요? 알겠습니다. 이번 주 중으로 연락드리고 찾아뵐게요."

전화를 끊은 김두찬의 얼굴에 기대가 어렸다.

드디어 낡은 집을 떠나 좋은 집으로 터를 옮길 수 있게 됐다.

물론 아직 매물을 본 게 아니라서 직접 봐야겠지만, 느낌이 좋았다.

김두찬이 강동수 사장에게 말한 조건은 이랬다.

신식 2층 단독 주택에 300평 정원이 달렸으며 복잡하지도, 너무 촌스럽지도 않은 지역에 위치했으면 한다는 것.

물론 그게 대전제고 그 외에도 자잘한 항목들이 많았지만, 강동수 사장은 대부분의 것들을 맞춰보고서 연락을 준 터였다.

'이사만 가면 큰 그림은 대략 다 맞춘 거야.'

이미 김승진의 자동차는 낡은 구형 중고에서 최신식 중형 세단으로 바꿔준 이후였다.

김두찬이 뽑아준 새 차의 키는 이틀 전, 김승진의 손에 들어갔다.

김승진은 처음에는 아들이 뽑아주는 차를 타기가 부담스럽다고 했다.

그러나 지금은 차를 볼 때마다 입이 귀에 걸렸다.

가장의 무게를 지키려고 하지만 영 속내를 감추지 못하는 사람이 김승진이었다.

김두찬은 그런 아버지가 퍽 귀엽다고 느꼈다.

아울러 그런 감정이 든 스스로의 모습이 낯설었다.

전에는 부모님을 귀엽다고 생각했던 적이 단 한 번도 없었다.

부모님은 김두찬에게 조금은 불편하고 대하기 어려운 존재였다.

하지만 인생 역전을 만난 이후 김두찬이 변하기 시작하면서 부모님과의 관계에도 변화가 찾아왔다.

그 결과가 만들어낸 것이 바로 지금의 상황이었다.

전화를 끊고 나서 김두찬은 스마트폰으로 인터넷에 접속해 자신과 관련된 기사를 검색했다.

<김두찬 작가의 성공 신화>

<몽중인 3만 부. 적 시리즈 4만 5천 부. 장르 문학계의 태풍은 현재 진행 중>

<정상 단편 문학상 대상 수상작 '김두찬 작가의 그래도 해는 뜬다'가 출간 일주일 만에 1만 부 돌파! 순문학의 이단아, 지각변동을 일으키다!>

<김두찬 작가! 영화화되는 몽중인에 엑스트라로 출연? 루머가 아닌 실화>

<몽중인, 1지망으로 지목했던 배우들 모두 예몽진 감독의

러브콜에 화답. 영화화는 순항 중>

<판타지 문학의 바이블이자 한국의 신화인 영웅의 노래가 평균 조회 수 18만을 넘어 20만 진입 중!>

<영웅의 노래 드디어 책으로 출간. 초판 발행 부수는 2만!>

기사들을 읽는 내내 김두찬의 입가엔 미소가 떠날 줄 몰랐다.

그가 진행하고 있는 일들은 하나같이 대박을 치고 있었다.

무엇 하나 잘못되거나 어그러지는 법이 없었다.

김두찬이 한참 기사들을 살펴보는 사이 밴은 목적지에 도착했다.

"다 왔습니다, 작가님!"

장대찬의 말에 김두찬이 밴에서 내렸다.

굽이굽이 비탈진 길은 너무 좁아서 밴이 들어갈 수 없었다.

해서 판자촌 입구에 주차를 했다.

"그럼 다녀올게요."

"네. 일 잘 보고 오세요!"

김두찬은 장대찬의 배웅을 받으며 조선호의 집까지 성큼성큼 걸어갔다.

얼마 지나지 않아 조선호의 집, 낡은 대문 앞에 선 김두찬이 퀘스트 창을 띄웠다.

[퀘스트: 직접 집필한 동화책을 읽어 서로아의 만족도를 70 이상 충족시켜라. 만족도 0/100]

"후우."

짧게 숨을 내쉰 김두찬이 대문을 두들겼다.

탕탕!

이제 로아에게 검증을 받을 시간이다.

*　　　*　　　*

"오빠!"

김두찬이 들어서자마자 로아가 신이 나서 매달렸다.

"로아야, 잘 있었어?"

"네! 많이 보고 싶었어요!"

"나도 로아 많이 보고 싶었어. 할아버지, 안녕하셨죠?"

김두찬은 서로아부터 챙기고 난 뒤, 조선호에게 인사를 건넸다.

조선호가 그 어느 때보다 환한 미소를 머금고서 김두찬의 손을 꼭 잡아주었다.

"덕분에요. 두찬 학생이랑 많은 사람들이 이렇게까지 은혜를 베풀었는데, 안녕해야죠. 일단 앉아요."

김두찬이 바닥에 앉자, 서로아가 그의 무릎 위로 올라왔다.

자신을 스스럼없이 대하는 서로아가 김두찬은 마냥 귀여웠다.

서로아는 한 손에 스케치북을 들고 있었다.

그것을 급하게 펼쳐 보이더니 지금껏 그려왔던 그림들을 신이 나서 자랑했다.

"오빠, 그동안 로아가 그림 많이 그렸어요. 한번 볼래요? 이거는요, 오빠 얼굴 그린 거고요, 이건 할아버지 그린 거예요! 그리고 이건 병원 친구들, 이건 간호사 언니, 이건 동물원, 이거는 날개 달고 우주로 올라가는 로아고, 그리고 이건……."

그러는 사이 조선호는 커피 두 잔을 타서 내왔다.

서로아에게는 시원한 보리차 한 잔을 건네주었다.

"매번 이런 것밖에 못 줘서 미안해요."

김두찬이 얼른 커피를 받으며 고개를 저었다.

"아닙니다. 이걸로도 충분해요. 한데 할아버지. 주제넘은 참견일지 모르겠지만… 이 집은 로아가 성장하기에 환경이 그다지 좋지 못한 것 같아요. 혹시 이사 가길 생각은 없으세요?"

조선호가 마침 기다렸다는 듯 대답했다.

"안 그래도 집까지 다 알아놨어요. 모레, 이삿짐센터 도움받아서 이사하기로 했어요. 짐은 몇 개 없는데 차가 못 들어오니 사람 손이 필요해서요."

짐이 얼마 없다고 하나 노쇠한 조선호가 혼자 나르기엔 무리가 있었다.

해서, 이삿짐센터에 일을 맡긴 것이다.

"잘 생각하셨어요, 할아버지. 정말 잘 생각하신 거예요."

김두찬이 마치 자기의 일인 양 기뻐했다.

그 마음 씀씀이가 조선호는 벅찰 만큼 고마웠다.

"이사 가면 두찬 학생부터 초대할게요."

"네. 꼭 연락 주세요."

두 사람의 이야기를 듣고 있던 서로아가 김두찬의 팔을 잡고 흔들었다.

"오빠~ 선물은 가져왔어요?"

"그럼, 가져왔지."

김두찬이 가방에서 서류 뭉치를 꺼냈다.

그걸 보는 서로아의 눈빛이 반짝반짝 빛났다.

"우와아. 어서 읽어줘요, 오빠!"

서로아의 재촉에 김두찬이 목을 가다듬고 분위기를 잡았다.

"으흠!"

서로아가 조선호의 무릎으로 옮겨 앉았다.

두 사람은 기대감에 가득 찬 시선을 김두찬에게 던졌다.

"하하, 이거 좀 쑥스럽네요. 음… 그럼 시작하겠습니다. 제목은 청도의 꿈."

"청도의 꿈?"

"응. 부디 재미있게 들어줬으면 해, 로아야."

"응!"

로아의 기대감이 올라갔다.

그러자 시스템 메시지가 나타났다.

[퀘스트: 직접 집필한 동화책을 읽어 서로아의 만족도를 70 이상 충족시켜라. 만족도 2/100]

만족도가 2 올랐다.

'좋아, 퀘스트 시작이다.'

김두찬이 듣기 좋은 목소리로 동화를 읽어 나갔다.

"제목. 청도의 꿈. 김두찬 지음. 청도를 아시나요? 매년 신나는 소싸움 대회가 열리는 동네랍니다."

청도의 꿈의 주인공은 청도에 사는 송아지와 다섯 살 난 꿈이라는 아이였다.

청도는 매년 소싸움에서 우승을 차지하는 뚝심이라는 힘센 소의 자식이었다. 하지만 겁이 많았다.

꿈이는 갓난아이 시절 부모님을 사고로 잃고 친할아버지 손에서 키워진 아이인데, 태어날 때부터 눈이 보이지 않았다.

김두찬은 그 두 캐릭터의 만남으로부터 이 이야기를 시작해 나갔다.

청도는 뚝심의 아들이지만 겁이 많아 싸움소로 키우기에 적합하지 않았다.

해서 청도의 주인은 녀석을 친분이 있던 동네 중호 할아버지에게 헐값에 팔았다.

이 중호 할아버지가 바로 꿈이의 친할아버지다.

이후 청도와 꿈이는 서로 의지하는 친구 사이가 되었고, 무럭무럭 자라며 2년이라는 시간이 흘렀다.

그런데 둘의 운명을 바꿔 버릴 사건이 터진다.

봄의 어느 날.

밭에서 놀고 있는 두 사람에게 사나운 개가 돌진한 것이다.

그 개는 마을의 부자라고 알려진 박 영감의 개, 태풍이었다.

목줄이 풀려 버려 제멋대로 돌아다니다가 청도와 꿈이를 보고 달려든 것.

"태풍이는 사나운 이빨을 들이댔는데, 그대로 있으면 꿈이가 다칠 판이었어요."

김두찬이 그 부분까지 읽었을 때였다.

"안 돼요! 꿈아, 위험해! 도망가야 돼!"

이야기에 한참 몰입해 있던 서로아가 놀라서 소리를 질렀다.

그와 동시에 김두찬의 눈앞에 시스템 메시지가 나타났다.

[퀘스트: 직접 집필한 동화책을 읽어 서로아의 만족도를 70 이상 충족시켜라. 만족도 27/100]

'만족도가 올랐어.'

2였던 만족도가 27까지 솟구쳤다.

김두찬의 동화를 서로아가 맘에 들어 한다는 얘기였다.

김두찬이 다시 동화를 읽어나갔다.

"그런데 그 순간, 청도가 꿈이의 앞을 가로막고 서는 게 아니겠어요?"

이후의 이야기는 으레 그렇듯 꿈이와 청도의 일시적 비극으로 이어진다.

하필이면 청도가 태풍이를 받아버리는 장면이 자신의 개를 찾아 나섰던 박 영감의 눈에 들어온 것이다.

박 영감은 태풍이가 많이 다치지도 않았건만 크게 다친 것처럼 일을 부풀려 중호 할아버지에게 어마어마한 치료비를 요구했다.

하지만 중호 할아버지에겐 그만한 돈이 없었고, 박 영감은 대신 청도를 데려가기로 한다.

사실 처음부터 청도가 탐났던 것이다.

김두찬은 그 부분에서 서로아의 눈치를 슬쩍 살폈다.

이 구간의 이야기는 갈등이 고조되는 곳으로서 아이들이 썩 좋아하지 않을 게 분명했기 때문이다.

혹여라도 만족도가 내려갔으면 어쩌나 싶었는데.

[퀘스트: 직접 집필한 동화책을 읽어 서로아의 만족도를 70 이상 충족시켜라. 만족도 34/100]

오히려 올라 있었다.

이렇든 저렇든 서로아는 김두찬이 만들어온 동화가 좋았던 것이다.

게다가 지금 읽고 있는 곳은 슬픈 부분이지만 재미가 없는 건 아니었다.

오히려 긴장감 때문에 더더욱 동화 속으로 빠져들 수 있었다.

김두찬이 안심하고 나머지 내용을 읽어나갔다.

"그날 이후, 꿈이는 밤마다 청도가 보고 싶다며 목을 놓아 울었어요."

박 영감이 데려간 청도가 꿈이는 너무나 보고 싶었다.

그래서 매일같이 중호 할아버지에게 청도를 보자고 졸랐으나 불가능한 일이었다.

결국 중호 할아버지는 꿈이를 데리고 깊은 시골로 이사를 간다.

그리고 박 영감은 어마어마한 청도의 힘이 탐나서 억지로 데려온 것인 만큼 청도를 싸움소로 키우기 위해 갖가지 훈련을 시킨다.

청도는 처음에는 말을 듣지 않았지만, 3년 열심히 연습하고 소싸움 대회에 나가서 우승하면 꿈이를 만나게 해주겠다는 박 영감의 말에 훈련에 몰두한다.

그렇게 3년이라는 시간이 흐르고, 청도는 소싸움 대회에 참가해 첫째 날도, 둘째 날도 연승 행진을 이어간다.

그리고 결승전이 벌어지는 마지막 셋째 날.

청도는 자신을 낳아준 아버지이자 소싸움 대회의 챔피언 뚝심이와 붙게 된다.

한데 뚝심이의 힘이 워낙 세서 청도는 사정없이 밀리고 말았고, 숨소리도 점차 거칠어진다.

그때, 관중석에 있던 누군가가 그런 청도의 숨소리를 캐치한다.

꿈이었다.

꿈이가 다니고 있던 초등학교에서 소싸움 견학을 왔던 것.

눈은 보이지 않지만 그 대신 청각이 남들보다 훨씬 예민했던 꿈이는 청도의 숨소리를 기억하고서는 벌떡 일어나 '청도야!' 하며 소리를 지른다.

그 대목에서 서로아의 눈에 눈물이 그렁그렁해졌다.

꿈이와 청도가 헤어지는 장면에서도 울지 않았는데 지금 이 장면이 서로아에게는 퍽 감동적인 모양이었다.

[퀘스트: 직접 집필한 동화책을 읽어 서로아의 만족도를 70 이상 충족시켜라. 만족도 54/100]

만족도가 또 다시 올랐다.

이제 70까지는 16이 남은 상황!

'좋아. 계속 가자!'

이제 하이라이트였다.

꿈이의 목소리를 들은 청도는 거짓말처럼 괴력을 발휘해 뚝심이를 이겨 버리고서 꿈이를 향해 달려간다.

꿈이는 친구의 도움을 받아 청도에게 다가가고, 둘은 서로를 끌어안은 채 통곡한다.

그런 둘을 본 박 영감이 둘의 따뜻한 우정에 자신의 잘못을 뉘우치고 청도를 다시 꿈이에게 돌려주며 이야기는 마무리

되었다.

“그렇게 다시 만난 청도와 꿈이는 이후로 오래도록 행복하게 잘 지냈답니다.”

동화를 다 읽고 난 김두찬이 서로아를 바라봤다.

“흐윽… 흑! 흐에엥. 너무 감동적이에요, 오빠.”

어느 순간부터 서로아는 눈물 콧물로 범벅이 되어 있었다.

“어땠어, 로아야?”

“정말 재미있었는데, 많이 슬프기도 하고 그랬어요.”

“그럼… 마음에 든 거야?”

“네!”

서로아가 씩씩하게 대답하는 순간.

[퀘스트: 직접 집필한 동화책을 읽어 서로아의 만족도를 70 이상 충족시켜라. 만족도 87/100]

만족도가 87로 바뀌었다.

‘됐다!’

[퀘스트를 완료했습니다. 보너스 포인트 1,000이 지급됩니다.]

퀘스트를 완료했다는 메시지와 함께 김두찬의 오른 손등의 하트 한 조각이 붉게 물들었다.

만족스러운 얼굴로 미소 짓는 김두찬에게 서로아가 다가왔다.

"두찬 오빠! 나 이 이야기로 그림 그려볼래요! 오늘부터 그릴 거예요!"

"그렇게 마음에 들었어?"

"네. 정말정말 재미있고 감동적이었어요."

"로아가 그렇게 말해주니까 진짜 기분 좋은데?"

"퇴원 선물 고마워요, 헤헤."

해맑게 웃고 있는 서로아의 얼굴을 보고 있던 김두찬의 머릿속에 불현듯 스쳐 지나가는 아이디어 하나가 있었다.

'가만… 아까 보니 로아가 또래치고는 제법 그림을 그리던데…….'

로아의 그림은 확실히 어린아이가 그렸다는 티가 확 났다.

중요한 건, 그런 티가 남에도 무얼 그렸는지 정확히 알 수 있다는 점이다.

게다가 색감을 사용하는 센스가 대단했다.

'로아가 직접 그린 그림과 내가 집필한 이야기를 묶어서 진짜 동화책으로 낸다면……?'

김두찬이 로아의 손을 덥석 잡고는 물었다.

"로아야. 너 동화 그림 작가 해보지 않을래?"

"네?"

서로아가 눈을 동그랗게 뜨고서 고개를 모로 꺾었다.

서로아는 김두찬의 갑작스러운 제안이 얼떨떨했다.

조선호 역시 마찬가지였다.

"동화 작가라고요? 우리 로아가요?"

"네, 할아버지."

"어이고, 되기만 된다면야 그보다 좋을 일이 어디 있겠냐만은… 언감생심 가능할까 싶네요. 허허, 아직 그러기엔 너무 어린 나이인데요."

"바로 그것 때문이에요. 지금 로아가 그리는 이런 느낌의 그림들은 이 나이대가 아니면 나오지 않아요. 어른이 되면 그림도 같이 변해요. 때가 전혀 묻지 않은 지금의 느낌을 고스란히 책에 싣고 싶어요. 게다가 어린아이의 그림치고 제법 잘 그렸잖아요."

김두찬의 말에 조선호의 얼굴에 미소가 어렸다.

자기 손녀를 칭찬하는 데 기분 나쁠 할아버지는 없었다.

"음… 그런가요?"

조선호가 서로아의 그림을 들여다보며 고개를 주억거렸다.

"제가 당장 출판사 관계자 만나서 일 진행시켜 보고 싶은데. 그래도 되겠죠?"

“저는 로아가 좋다고 하면은 다 좋아요.”

조선호의 말에 김두찬이 서로아를 바라봤다.

“로아는 어때?”

“난 두찬 오빠가 좋다고 하면 다 좋아요!”

서로아의 대답은 조선호와 김두찬을 웃게 만들었다.

두 사람이 웃자 영문도 모르고서 해맑게 따라 웃는 서로아의 머리를 김두찬이 부드럽게 쓰다듬어 주었다.

Liking 61

비운(悲運)의 천재 로맨스 작가

도농역 근처의 카페에서 김두찬은 선우동을 만나고 있었다.

"우와… 이거."

선우동은 자신의 손에 들린 원고를 보며 혀를 내둘렀다.

"이게 뭡니까, 작가님?"

아기자기하고 아름다운 색채로 가득 채워진 그림과 거기에 어울리는 동화가 기가 막히게 잘 어울렸다.

짧은 이야기를 끝까지 읽고 난 선우동이 눈을 빛내며 물었다.

"어때요?"

"아주 좋은데요? 어마어마하다고 할 수는 없지만, 그림과 글이 정말 잘 어우러져요. 내용도 무난하게 괜찮고요. 이 원고 출처가 어딥니까?"

김두찬이 빙긋 웃으며 대답했다.

"제가 썼어요."

"네? 작가님께서요?"

"네. 그림은 로아가 그렸고요."

"로아라면… 아! 그 백혈병 걸린 아이 말씀하시는 거죠? 이번에 수술 무사히 마쳤다던."

"네."

"와, 그림 실력이 상당하네요?"

"그렇죠? 그래서 말인데요. 이 원고 동화책으로 만들면 어떨까요?"

김두찬의 물음에 선우동이 즉각 대답했다.

"아띠 출판사에 아동문학부서가 있다는 걸 어필하고 싶습니다!"

"그 말은 가능성이 있다는 거죠?"

"그럼요! 충분합니다. 작가님의 네임밸류와 로아의 화제성을 생각한다면 최하 1만 부는 충분할 거라고 봅니다. 게다가 아동 서적은 한번 터지면 어마어마하거든요. 부모님들이 극성인지라 뜬다 싶은 순간 너도 나도 구매해요."

"그럼 바로 작업 들어갈 수 있을까요? 최대한 빨리 출간했으면 하는데."

"표지 작업에 교정 보고 전체적인 내지 디자인까지 하면… 보름 안에 어떻게든 해보겠습니다!"

"네, 부탁드릴게요."

선우동과 동화책 사업에 대해 이야기를 나눈 김두찬은 카페를 나와 정미연의 집으로 향했다.

오늘은 7월 20일, 목요일.

보통의 일상과 다름없는 날이었지만, 김두찬과 정미연 두 사람에게는 다른 어느 때보다 특별했다.

아무것도 못한 채 지나가 버린 정미연의 생일을 김두찬이 축하해 주는 날이기 때문이다.

정미연의 생일은 7월 7일이다.

행운이라는 어마어마한 능력을 가지고 태어난 사람답게 생일까지 럭키세븐이었다.

게다가 지나가듯 그녀가 했던 말이 오후 7시경에 태어났다고 했었다.

트리플 세븐.

행운의 여신이라 칭해도 과하지 않을 정도였다.

아무튼 지나간 7일에는 정미연이 살인적으로 바빴다.

원래 스타일리스트라는 직업이 여름과 겨울에 특히 바쁘다.

여기저기서 축제가 벌어지는 만큼 연예인의 축하 무대 섭외 역시 많아지기 때문이다.

그와 비례해서 정미연 역시 잠을 쪼개가며 일에 매달리게 된다.

잘나가는 연예인일수록 실력 좋은 스타일리스트에게 일을 주고 싶어 하는 법이다.

정미연은 이미 이 바닥에서 유명했다.

때문에 일이 몰려 버리는 상황이 벌어졌다.

전날까지도 정미연은 하루에 두 시간씩 쪽잠을 자며 겨우 겨우 버텼다.

해서 체력 관리를 위해 오늘은 하루를 통으로 비워 놓고 쉬기로 했다.

'아직 자고 있겠지?'

오후 2시.

오늘 새벽 4시쯤 잠이 들었으니 그간 부족했던 수면을 채우려면 하루 종일 잠만 자도 부족할 터였다.

정미연의 집 앞에 도착한 김두찬이 비밀번호를 누르고 안으로 들어갔다.

그런데 침대 위에서 단잠에 빠져 있을 줄 알았던 그녀는 편

안한 차림으로 의자에 앉아 패션 잡지를 읽고 있는 중이었다.

"왔어요?"

김두찬을 본 정미연이 잡지책을 덮었다.

"왜 벌써 일어났어요?"

"오래 자는 게 익숙지 않아서 눈이 떠졌어요."

"아… 피곤하겠다."

"괜찮아요. 한… 다섯 시간 잤어요. 오늘 우리 저녁 먹기로 했었나?"

"영화부터 보고."

영화라는 말에 정미연의 눈에 생기가 돌았다.

워낙 바쁜 일상을 보내다 보니 이런 문화생활을 하는 게 상당히 오래간만이었다.

특히 김두찬과 함께 영화관을 가는 건 처음인지라 더욱 기대가 되는 그녀였다.

"좋아요. 근데 오늘 무슨 일 있어요? 뭔가 되게 작정한 느낌인데."

정미연은 김두찬이 오늘 그녀의 생일을 축하해 주기 위해 만나자고 한 걸 모른다.

김두찬은 나름대로 서프라이즈를 해주고 싶었다.

아마 그녀는 자기 생일이 그냥 지나가 버린 것도 모를 터였다.

"우선 영화부터 보러 가요."

나름 준비해 둔 것이 있었기에 김두찬은 대충 돌려 말하며 외출을 서둘렀다.

*　　　*　　　*

여자 친구와 영화를 본다는 건 어떤 기분일까?

그것은 김두찬이 늘 궁금해했던 것들 중 하나였다.

평생을 살아오면서 그럴 기회가 단 한 번도 없었기 때문이다.

영화표는 김두찬이 어플로 미리 예매해 뒀다.

요즘 개봉한 영화들 중 가장 인기가 좋은 걸로 두 장을 끊었다.

영화관에 들어서는 그 순간부터 김두찬의 심장이 기분 좋게 뛰었다.

'별것 아닌 건데.'

주변을 둘러보면 애인과 함께 영화관을 찾은 사람들이 정말 많았다.

김두찬도 그중 하나일 뿐이었다.

그런데 왜 이렇게 설레고 떨리는 건지.

정미연과 첫날밤을 보낼 때와는 또 다른 감정이 김두찬의 전신을 기분 좋게 잠식했다.

그건 정미연도 마찬가지였다.

그녀는 종종 혼자, 혹은 직원들과 단체로 영화 관람을 한 적은 있어도 남자 친구와 영화를 보러 온 적은 거의 없었다.

그것도 대부분이 의무적이었다.

지금처럼 마음이 동해서 가장 함께 있고 싶은 사람과 좋은 시간, 편한 휴식을 만끽하기 위해 온 건 처음이었다.

김두찬은 영화관 로비에서 팝콘과 콜라를 샀다.

남들이 하는 건 다 해보고 싶었다.

영화도 4D 아이맥스관으로 예약했다.

직원의 안내에 따라 영화관으로 입장한 두 사람은 전용 안경을 쓰고 나란히 의자에 앉았다.

곧 영화가 시작하며 눈앞에 입체 영상이 펼쳐졌다.

"와아."

김두찬이 저도 모르게 감탄했다.

정미연은 그런 김두찬을 보며 피식 웃었다.

영화가 진행됨에 따라 좌석이 상하좌우로 움직였다.

가끔 바람도 나오고 물도 쏘아졌다.

영화를 이렇게 입체적으로 즐길 수 있는 방법이 있었다는 걸 김두찬은 미처 모르고 있었다.

한참 즐기고 만끽하다 보니 2시간이나 되는 영화가 금세 끝나 버렸다.

"하, 대단했어."

김두찬이 전용 안경을 벗고서 정미연을 바라봤다.

"미연 씨, 어땠어요?"

"재미있었어요."

"그렇죠?"

"두찬 씨 반응이."

"…네?"

"나 영화 내용 하나도 모르겠어요."

"왜요? 어려웠어요?"

"아니, 영화보다 두찬 씨를 더 많이 봤거든."

말미에 정미연이 김두찬의 뺨에 입을 맞췄다.

쪽.

당황한 김두찬이 살짝 굳었다. 정미연의 눈에는 그마저도 귀여워 죽을 지경이었다.

한편 그런 두 사람의 애정 행각은 영화관을 퇴장하는 모든 사람들의 시선에 여과 없이 들어왔다.

하지만 아무도 그들을 꼴불견이라 하지 않았다.

워낙에 대단한 비주얼들을 가진 이들이다 보니 청춘 드라마를 보는 것처럼 다가올 뿐이었다.

* * *

영화관에서 나와 근사한 저녁을 먹은 뒤, 김두찬은 일주일 전부터 예약해 놓은 펜션으로 정미연을 안내했다.

오늘만큼은 김두찬도 직접 운전을 했다.

면허는 고등학교를 졸업할 즈음 돼서 미리 따놓았던 터였다.

다만, 운전을 할 일이 없었기에 썩히고 있었을 뿐.

아버지의 세단을 빌려 조수석에 정미연을 태우고서 열심히 강원도의 펜션을 향해 달려갔다.

"두찬 씨, 운전 제법 잘하네?"

"칭찬 고마워요."

이 날을 위해서 일주일 동안 시간이 날 때마다 운전 연습을 했다.

물론 그냥 연습만 한 건 아니다.

김두찬에게는 장대찬에게서 얻은 능력 중 운전이라는 항목이 있었다.

거기에 직접 포인트 300을 투자했다.

그러자 운전의 랭크가 F에서 D로 올랐다.

운전의 랭크는 F에서 E로 넘어갈 때 전 단계보다 5%의 운전 실력이 늘어났다.

E에서 D로 넘어갈 때는 E랭크보다 10% 늘었다는 특전이 떴다.

그 정도만 해도 충분했다.

지금 김두찬의 운전은 안정적이고 깔끔했다.

정미연과 대화를 나누면서도 불안함이 느껴지지 않았다.

"두찬 씨 곧 영화 촬영 들어가죠?"

"아, 네."

김두찬은 며칠 전 예몽진 감독과 만나 연기 오디션을 봤다.

난생처음 해보는 연기인지라 잘할 수는 없었지만 그렇다고 나쁘지도 않아 대사가 몇 마디 있는 배역을 맡게 되었다.

"기분이 어때요?"

"떨리기도 하고, 재미있을 것 같기도 하고. 반반이에요."

"떨리는 거야 당연할 테고, 재미있을 것 같은 건 작가적 욕심?"

"그렇다고 봐야죠. 무엇이든 한 번은 해봐야 관련된 이야기를 적어나갈 때 리얼리티가 살아나니까요."

"강촌이라 그랬죠? 예약해 둔 펜션."

"네."

"우리 연애한 이후로 처음 영화도 보고, 펜션 같은 곳도 가보네요. 나 진짜 휴식하는 것 같아."

"좋아요?"

"말로 다 할 수 없을 만큼. 우리 다음번에는 해외여행 가요. 나, 패션 동향 취재하러 가끔 나가거든요. 물론 시간이 허락된다면."

"안 되더라도 되게 해볼게요."

그렇게 두런두런 대화를 나누다 보니 어느덧 목적지인 강촌의 펜션에 도착할 수 있었다.

펜션 주인은 김두찬의 이름을 확인하더니 두 사람을 가장 비싼 방으로 안내했다.

펜션 주인은 열쇠를 넘기며 주의사항 몇 가지를 알려준 뒤 물러갔다.

"그럼, 들어가 볼까요?"

김두찬의 말에 정미연은 미소 지으며 고개를 끄덕였다.

찰칵.

잠긴 문을 연 김두찬이 정미연부터 안으로 들어가도록 유도했다.

별생각 없이 먼저 방 안으로 들어서던 정미연이 멈칫하고서는 김두찬을 돌아봤다.

"이게 다 뭐예요?"

"마음에 들었으면 좋겠어요."

정미연이 다시 방 안으로 시선을 돌렸다.

넓은 방엔 가지각색의 풍선들로 가득했다.

바닥에도, 천장에도 온통 알록달록한 파스텔 풍 풍선들이 공간을 채우고 있었다.

"두찬 씨, 이거 얼마 줬어요?"

"네?"

"돈 주고 부탁한 거 아니에요?"

요즘은 돈을 주면 직접 풍선에 바람을 넣어 이렇게 꾸며준다.

정미연의 물음에 김두찬은 두 손을 마구 내저었다.

"이거 내가 하나하나 전부 바람 넣은 거예요."

"정말로?"

"네."

그 말에 정미연의 눈이 휘둥그래졌다.

"왜… 그랬어요?"

"아, 일단 안으로 들어가 봐요."

김두찬이 영문을 몰라 하는 정미연을 방 안으로 끌고 들어갔다.

그리고 기다란 테이블이 있는 곳으로 다가갔다.

테이블 위에는 갖가지 종류의 케이크가 일곱 개나 놓여 있었다.

"케이크?"

"7월 7일. 미연 씨 생일이었는데 그냥 지나갔잖아요. 그래서 내가 따로 챙겨주고 싶었어요."

그제야 정미연의 얼굴에 이해라는 단어가 자리했다.

"아……."

이어서 감동이 밀려왔다.

그런 정미연을 보며 김두찬이 말했다.

"근데 어떤 케이크를 좋아할지 몰라서… 그냥 빵집에 있던 것 종류별로 다 준비해 봤어요."

"두찬 씨……."

"미연 씨는 어떤 케이크 가장 좋아해요? 우리 거기에다 초 꽂아요."

그저 순수한 아이처럼 그렇게 말하는 김두찬을 정미연이 꼭 끌어안고 입을 맞췄다.

쪽!

"난 그냥 이런 당신이 좋아."

아름답게 빛나는 정미연의 눈동자를 보며 김두찬이 사랑스러운 음성을 흘렸다.

"생일 축하해요, 미연 씨."

*   *   *

새벽녘.

정미연은 김두찬의 옆에서 실오라기 하나 걸치지 않은 자연 그대로의 모습으로 잠이 들어 있었다.

이불을 덮고 있어 목 밑으로는 보이지 않았지만 김두찬 역시 걸친 게 없었기에 서로의 살이 닿는 느낌이 포근하고 좋았다.

일찍 잠이 든 정미연과 달리 김두찬은 도통 잠이 오질 않았다.

그저 지금의 이 행복감을 더 만끽하고 싶었다.

사랑하는 여자의 생일을 지내주고 함께 안고 누워 있다는 느낌이 좋았다.

한참 전부터 의미 없이 틀어놓았던 텔레비전에서는 연예계 소식들을 전해주는 연예 토크 프로그램이 흘러나오는 중이었다.

요즘 가장 크게 대두되는 기사들은 하나같이 태경에 관한 것들이었다.

태경은 1차 재판에서 징역 5년을 선고받았다.

게다가 위약금을 물어낼 재력이 없어 개인 파산을 해야 할지도 모르는 상황에 놓였다.

그러한 소식들을 진행자는 안타깝다는 투로 전하고 있었다.

연예 토크 프로그램이 끝난 뒤 의미 없는 광고가 이어지다가 처음 보는 다큐멘터리가 시작됐다.

어차피 잠도 오지 않았던 터라 김두찬은 잘됐다 싶은 마음에 다큐멘터리에 집중했다.

다큐멘터리의 제목은 '비운(悲運)의 천재 로맨스 작가'였다.

그리고 다큐멘터리가 시작하는 순간 생소한 여인의 얼굴이 등장하더니 그 밑에 낯설지 않은 이름이 나타났다.

—주화란(28), 로맨스 작가.

주화란.

김두찬에게 쪽지를 보냈던 바로 그 작가였다.

* * *

정미연과 만족스러운 하룻밤을 보낸 뒤 다시 일상으로 돌아온 김두찬은 주화란의 다큐멘터리를 다시 찾아 감상했다.

주화란의 다큐멘터리는 총 3부작이었고, 김두찬이 펜션에서 봤던 건 2부의 재방송이었다.

방송 시간을 보니 마침 오늘이 3부가 방영하는 날이었다.

주화란은 김두찬에게 힘없는 많은 작가들이 제대로 된 글의 값어치를 받고 생활할 수 있는 무대를 만들어달라 부탁했었다.

김두찬은 주화란에 대한 기사도 읽었었다.

생활고로 인해 영양 결핍으로 쓰러져 급히 병원으로 이송됐으며, 그만큼 작가들의 상황이 좋지 않다는 데에 초점을 맞춘 기사였다.

이에 김두찬은 주화란을 도와주고 싶어 의사를 내비추었었으나, 그녀는 거절했다.

자신이 처한 상황은 스스로 해결해 나가야 할 몫이라며 말이다.

결국 두 사람의 연결 고리는 거기서 끊어졌었다.

김두찬은 주화란을 돕는 대신 그녀가 말했던, 작가들이 조금 더 살기 좋은 환경을 만들기 위해 소설의 영화화 계약서에 특별 사항을 추가해 적어 넣었다.

'손익분기점 이후 러닝개런티를 작가와 원작자에게 지급할 것. 이 계약은 앞으로의 계약서에도 무조건 동일시 기재할 것'이라는 항목이었다.

덕분에 김두찬 이후로 예몽진 감독의 기획사와 계약하는 모든 작가들은 손익분기점 이후부터 러닝개런티를 받을 수 있게 됐다.

문화예술계 전체를 놓고 보면 작은 변화였지만 작가들의 입지라는 쪽에서 보면 대단히 큰 변화이자 혁신이었다.

이후로도 김두찬은 자신이 바꿔 나갈 수 있는 부분이 무엇이 있을지에 대해 늘 고민해 왔다.

하지만 각각의 사정이라는 것이 존재하기에 김두찬 혼자 독불장군 식으로 밀어붙일 수는 없는 일이었다.

그 때문인지 문득 엉뚱한 생각이 들었다.

'출판사를 만들어?'

현재 김두찬은 혼자서 말도 안 되는 액수의 돈을 벌어들이고 있다.

그러니 출판사 하나 만드는 것쯤은 일도 아니었다.

다만 출판사가 유지되기 위해선 능력 있는 재원들이 있어야 한다. 아울러 가장 중요한, 팔리는 글을 쓰는 작가가 필요하다.

팔리는 글은 김두찬 본인이 얼마든지 써낼 수 있다.

당장 새로 구상 중인 판타지 소설만 유료 연재를 시작해도 충분히 좋은 성적을 낼 자신이 있었다.

그렇다면 능력 있는 재원을 구할 경우 출판사를 이끌어갈 조건은 만족된다.

김두찬이 머리를 굴린 건 바로 이다음 부분이다.

글을 쓸 기본 소양만 갖추어진 작가들이라면 누구든 찾아가서 계약을 한다.

물론 회사 내부에 최소한의 규정과 커트라인은 있어야 할 것이다.

무조건적인 퍼주기는 상대방을 발전시키는 게 아니라 더욱 깊은 나락으로 끌어내리는 것밖에 되지 않는다.

스스로 발전할 생각을 안 하고 안주해 버리기 때문이다.

어찌 되었든 그런 작가들과 계약을 하는데, 여태껏 어디에서도 볼 수 없었던 파격적인 조건을 제시하는 것이다.

종이책만 가지고 판매를 해야 하는 예전이었다면 이런 시도 자체가 불가능했을 테지만 지금은 E—book 시장이 활성화되어 충분히 해볼 가치가 있었다.

당장 김두찬이 벌어들이는 수입의 70퍼센트만 출판사에 투자하고 소속 작가들에게 나누어주어도 넉넉하게 끌어 나갈 수 있었다.

이번 달에는 34억이 들어왔지만 각종 사이트에서 동시 서비스된 덕에 인터넷 판매 수익은 다음 달 두세 배 이상 껑충 뛰게 될 테니 말이다.

당장은 출판 업계의 관행들을 바꾸기 힘들겠지만 많은 작가들이 계속 김두찬의 출판사로 유입된다면 가능성이 있는 얘기였다.

그런 생각을 하던 중 김두찬은 간과한 문제가 떠올라 고개를 내저었다.

'이건 작가들을 살리는 대신 다른 출판사들을 죽이는 일밖에 안 돼.'

그래서는 안 된다.

모두가 공생할 수 있는 환경을 만들어야지, 특정 집단을 살리겠다고 다른 집단을 무너뜨리는 일은 없어야 했다.

'그럼 차라리… 복지 재단 같은 걸 만들어?'

생활고에 시달리는 작가들에게 최소한의 생활비를 지원해주는… 아니, 그것 역시 근본적인 해결책이 아니었다.

한참 동안 고민하던 김두찬은 결국 아무런 답도 내리지 못했다. 다시 원점이었다.

"후우, 아무래도 혼자 고민할 문제는 아닌 것 같아. 아니면… 내가 너무 까불었을 수도 있고."

김두찬은 집필한 모든 작품들이 공전의 히트를 기록했다고 하나 이제 겨우 네 질밖에 출간하지 않은 입장이다.

출판 바닥이 어찌 돌아가는지도 자세히 모른다.

그런 상황에서 괜한 영웅심에 휘둘리는 건 좋지 않은 일이었다.

'정신 차리고 내 할 일이나 열심히 하자.'

오지랖도 너무 부리면 독이 되는 법.

김두찬은 차기작 준비나 계속 해나가기로 했다.

판타지 차기작은 현실 세상에서 정령을 다루는 남자의 이야기 '정령신기'였다.

아울러 또 다른 차기작도 동시에 구상하는 중이었다.

이건 판타지가 아닌 일반 문학이었다.

지금껏 김두찬이 집필한 네 질의 작품 중 세 질은 판타지성이 짙은 환상 문학이었다.

그리고 한 작품은 정상 단편 문학상에서 대상을 받았던 순문학 단편이었다.

아직 장편 일반 문학책은 한 번도 집필한 적이 없었다.

그래서 이 글은 김두찬에게 새로운 도전이나 마찬가지였다.

제목은 이미 정해놓았다.

'오트 퀴진(Haute cuisine).'

고급 요리, 혹은 최고의 요리라는 뜻이었다.

김두찬의 머릿속에는 레시피북이 존재하고, 지금까지 그가 먹었던 모든 메뉴들의 레시피가 고스란히 담겨 있다.

이 좋은 글감을 그냥 두고 썩히기는 아까운 일이었다.

그래서 김두찬은 이 생생한 정보를 이용하기로 했다.

판타지 문학 정령신기의 구상은 전부 끝났고 비축분도 50화가량 쌓여 있었다.

바쁜 와중에도 틈만 나면 키보드를 두들긴 결과였다.

'우선 연재 게시판부터 새로 만들자.'

김두찬이 정령신기라는 제목으로 새 연재 게시판을 만들었다.

그리고 처음부터 10연참을 때렸다.

김두찬이 글을 올리자마자 조회 수와 즐겨찾기 수가 무서운 속도로 올라갔다.

이미 그의 이름은 환상서 내에서 믿고 보는 브랜드나 마찬가지였다.

빠르고 재미있고 퀄리티가 보장이 된다.

독자들은 망설임 없이 정령신기를 즐겨찾기에 추가했다.

김두찬은 순식간에 달리는 댓글을 읽어나가며 흐뭇함을 감추지 못했다.

하나같이 호평 일색이었다.

이제는 호평을 넘어서서 찬사를 보내는 독자들까지 생겨났다.

김두찬은 모르지만 자유게시판 내에서는 이미 '두찬교'라는 그룹이 만들어질 만큼 그의 영향력은 대단했다.

두찬교는 김두찬을 숭배하는 독자와 작가가 구분 없이 어우러져 있었는데 반은 장난으로 만들어진 모임이었음에도 상당히 활발한 활동을 하고 있었다.

'후우, 이 정도면 오늘은 오케이.'

무려 한 시간 동안 김두찬은 계속해서 게시판을 새로고침하며 댓글 반응을 살폈다.

이미 첫 작품에서 전무후무한 흥행 기록을 세워 버린 그였으나 새 연재라는 건 언제나 설렘과 두려움을 함께 동반하는 법이었다.

환상서에서 빠져나온 김두찬은 이제 오트 퀴진의 구상을 살폈다.

오트 퀴진은 현재 하나의 굵직한 뼈대 위에 조금씩 떠오르는 아이디어를 중구난방 배치해 놓은 것이 전부였다.

김두찬은 그것을 토대로 세세한 이야기를 설정한 뒤, 구상을 더욱 재미있게 재배치했다.

이후 세 장 분량의 시놉시스를 뚝딱 뽑아냈다.

김두찬은 객관적인 시선으로 시놉시스를 정독하고서 총 일곱 번의 전체적인 수정을 가했다. 이 모든 과정을 거친 뒤에야 비로소 완벽한 시놉시스가 탄생할 수 있었다.

'좋아. 내일부터는 오트 퀴진도 동시에 집필하자.'

과연 자신의 손에서 탄생하는 일반 문학은 어떤 모습일지 벌써부터 기대가 되는 김두찬이었다.

아울러 이번 일반 문학은 본명이 아닌 가명을 사용할 예정이었다.

이미 김두찬이라는 이름이 붙는 순간 너무 큰 화제 몰이가 되어버린다.

그래서 그의 작품을 보는 사람들의 눈에 선입견이 생길 수도 있을 것 같았다.

김두찬은 일반 문학을 모든 사람들이 선입견 없이 봐주기를 원했다.

아울러 다른 이름을 달고 나가도 지금처럼 흥행을 할 수 있을지 또한 궁금했다.

'음, 아띠 출판사에서는 죽는 소리를 하겠지.'

그게 당연했다.

출판사는 책 장사를 하는 만큼 무조건 많이 팔아야 한다. 그런 마당에 가명을 사용한다는 건 이름값에서 오는 이득을 버리고 가겠다는 것과 마찬가지였다.

그래도 김두찬은 필명을 고집할 셈이었다.

이건 스스로 새로운 도전이었고, 작가적 욕심이었기에 어쩔 수가 없는 부분이었다.

'사장님이랑 얘기를 잘해봐야지. 정 싫다고 하면 다른 출판사와 계약을 할 수 밖에 없을 테고.'

그때였다.

지이이잉—

책상에 놓아둔 스마트폰이 몸을 떨어 전화가 왔음을 알렸다.

발신인은 아띠 출판사 사장 민중식이었다.

'하하, 양반은 못 되시겠다.'

김두찬이 전화를 받았다.

"네, 사장님."

—김 작가님, 어디십니까?

"집이에요."

—아, 댁에 계시는군요. 혹시 오늘 바쁘신가요?

"아뇨. 딱히 스케줄 없습니다.

—그럼 저랑 저녁 한 끼 하시죠. 제가 마침 일 때문에 구리에 나온 참이거든요. 어떻습니까?

"그래요? 저야 좋죠."

—하하, 잘됐네요. 워낙 바쁘셔서 퇴짜 맞으면 어쩌나 걱정했었는데. 겸사겸사 부모님께 인사도 드릴 겸, 부모님 식당에서 부대찌개에 한잔하면 좋을 것 같은데요.

"그건 더 좋고요."

—알겠습니다. 그럼 먼저 가서 줄 서 있을 테니 천천히 나오세요.

김두찬의 부모님이 운영하는 부대찌개 집은 이제 맛집으로 정평이 난 상황이다.

때문에 전국에서 사람들이 몰려들어 식사 때를 피해서 가도 기본 10분 이상은 웨이팅이 걸렸다.

이런 정보를 민중식은 사전에 조사를 해서 알고 있었다. 그리고 그건 곧 민중식이 김두찬과 그의 가족들에 대해 관심을 갖고 있다는 반증이었다.

그게 김두찬은 내심 고마웠다.

"네. 최대한 빨리 나갈게요."

—네! 선우 이사도 함께 왔으니 기분 좋게 달려보시죠. 하하!

"알겠어요."

전화를 끊은 김두찬은 서둘러 준비를 하고 집을 나섰다.

김두찬의 집에서 구리 시내까지는 거리가 제법 있기 때문에 콜택시를 불러 탔다.

장대찬이 상시 대기하고 있지만 고작 이 정도의 거리를 가겠다고 부려먹는 건 싫었다.

시내로 향하는 택시 안에서 김두찬이 상태창을 띄웠다.

오랜만에 보는 상태창에는 운전 랭크가 D로 변한 것과, 직접 포인트 수치가 변한 것 말고는 모든 것이 그대로였다.

'뭐 더 올릴 만한 게 있나?'

로나가 잠들 때, 앞으로 다른 사람의 호감도를 볼 수 없고 그로 인해 보너스 포인트도 받을 수 없을 것이라 언질을 했다.

그러나 이미 전에 얻어놓은 포인트로 능력치의 랭크를 올리는 건 가능했다.

'음… 그다지 올릴 만한 게 없다.'

김두찬이 상태창을 닫았고, 마침 택시는 목적지에 도착했다.

택시에서 내리니 부모님의 식당 앞, 길게 늘어선 줄의 가장 앞쪽에 이제 막 안으로 들어서려는 민중식 사장과 선우동 이사가 눈에 들어왔다.

*　　　*　　　*

민중식은 식당에 들어가자마자 김두찬의 부모님과 인사를 나눴다.

그러고는 자리에 앉아 주문한 부대찌개를 보글보글 끓여서 맛봤다.

진하고 얼큰한 국물이 입에 들어가는 순간 민중식은 저도 모르게 감탄을 했다.

"크으! 역시, 명불허전이네요."

"입에 맞으세요?"

"그럼요! 아주 기가 막힙니다."

"다행이네요."

"사장님, 제가 뭐라 그랬습니까? 저 입맛 까다로운 거 아시죠? 여기는 제 인생 부대찌개집이라니까요."

선우동이 바로 끼어들어 입을 털었다.

그는 일전에 김두찬과 만나 이곳에서 술 한잔을 나눈 적이 있었다.

"인정할게요, 선우 이사. 하하하!"

민중식이 크게 웃고서 술 한 잔을 넘겼다.

그에 김두찬과 선우동도 같이 술로 목을 축였다.

"어휴, 국물이 좋으니까 술이 계속 들어갑니다. 사장님, 저 오늘 코 삐뚤어지게 마시고 내일 출근 안 할 겁니다."

"내일 토요일인 거 알고 그런 소리 하시는 거예요?"

"아니까 이런 배짱을 부리죠. 하하."

민중식과 선우동은 술보다 부대찌개 맛에 더 취해서 이런 저런 농을 주고받으며 즐겁게 잔을 나눴다.

그런데 김두찬은 아까부터 영 신경 쓰이는 테이블이 있어서 이 자리에 집중을 못 하고 있었다.

'뭔가 이상한데.'

김두찬의 시선이 닿는 곳엔 네 명의 사람이 앉아 있었다.

중년의 남자 둘과, 여자 하나, 그리고 서른쯤 되어 보이는 안경 쓴 남자 한 명이었다.

그들은 부대찌개를 즐기는 모습이 아니었다.

대단히 심각한 얼굴로 분석을 하고 있는 것 같았다.

'뭐지?'

특히 넷 중 안경 쓴 남자의 행동이 제일 이상했다.

안경테를 자꾸만 손으로 만지작거리면서 부대찌개는 별로 맛보지 않고 다른 세 사람이 하는 얘기를 열심히 듣고 있었다.

김두찬이 그들에게 정신이 팔려 있을 때였다.

"어? 주화란 작가 다큐 3부 나오네요."

민중식이 술 한 잔을 넘기다 우연히 시선이 간 텔레비전을 보며 말했다.

"아, 주화란! 진짜 아까운 작가죠. 저도 다큐 본방으로 봤는데 정말 안됐더라고요. 그런 거지 같은 출판사랑 노예 계약만 안 했어도 지금쯤 훨훨 날아다녔을 텐데."

선우동이 진심으로 안타까워하며 무릎을 탁 쳤다.

그에 김두찬의 시선도 저절로 텔레비전으로 향했다.

주화란은 2부에서와 마찬가지로 여전히 병원 신세를 면하지 못하고 있었다.

환자복을 입은 채 병실 침대에 누운 그녀의 얼굴이 퀭했다.

그녀는 링거를 꽂고서 책을 읽는 중이었다.

손에 들린 건 주화란의 처녀작이었다.

가만히 독서에 집중하는 그녀의 모습에 '아직도 처녀작을 집필할 때의 감각을 주화란은 그리워한다'는 내레이션이 흘렀다.

이윽고 누군가 주화란을 문병 오는 장면이 이어졌다.

—언니, 몸은 좀 어때?

문병을 온 사람의 얼굴이 텔레비전에 잡혔고 김두찬은 저도 모르게 어깨를 움찔했다.

주화란을 문병 온 이는 김두찬도 아주 잘 알고 있는 사람이었다.

Liking 62

김두찬 사단

텔레비전에서는 계속 내레이션이 흘러나왔다.

—오늘은 주화란의 친척이 병문안을 왔다. 그런데 병원에 있던 사람들의 시선이 전부 친척에게 집중된다.

식당 안은 가득 찬 인파의 웅성임으로 시끄러웠다.

김두찬 일행이 앉아 있는 곳은 텔레비전과 가까워 그나마 미약하게 내레이션을 들을 수 있었다.

"와, 친척분 미모가 장난이 아니네요."

선우동이 브라운관에 잡힌 여인의 얼굴을 보고서 감탄을 내뱉었다.

"그러게 말예요. 연예인 지망생인가?"

민중식도 고개를 주억거렸다.

두 사람이 입을 모아 칭찬하는 여인은 다름 아닌 주로미였다.

'주로미가… 주화란의 친척이었어?'

주로미는 주화란의 곁에 앉아 이런저런 얘기들을 나누었다.

뭔가 사연이 많은 모양인데, 그러면서도 둘이 크게 살가운 사이 같지는 않았다.

서로가 데면데면하는 것이 브라운관을 통해서도 전해질 정도였다.

그때 주로미의 개인 인터뷰 화면이 잡혔다.

그녀는 피디의 질문에 대답을 해주고 있었다.

—몇 년 만이에요. 화란 언니, 작가 된다고 한 다음에는 연락이 끊겼거든요. 마지막으로 본 게 큰아빠랑 큰엄마 돌아가시고 난 다음이었으니까… 6년 만인 것 같아요.

돌아가신 큰아빠와 큰엄마란 주화란의 부모를 지칭하는 것이었다.

—그때 제가 14살이었거든요. 중학교도 갓 입학했으니까 뭘 알겠어요. 그냥… 왠지 모르게 슬퍼서 계속 울고만 있었는데, 화란 언니가 저한테 와서 말없이 꼭 끌어 안아줬던 기억이… 네.

주로미는 카메라가 자신을 촬영한다는 사실이 영 어색한 모양이었다.

시선을 계속 아래로 깔고 말을 느리게 했다.

그럼에도 사람이 어눌하다거나 답답해 보이지 않았다.

그렇게 느끼기에는 주로미의 미모가 워낙 압도적이었다.

다큐멘터리에서는 두 사람의 관계에 대해 이야기하고 있었다.

주화란은 부모님이 돌아가신 뒤 무엇을 해 먹고살아야 할지 고민하다가 작가로 데뷔했다.

첫 작은 대히트를 기록했지만 그녀의 손에 쥐어진 건 푼돈에 불과했다.

악덕 출판사와 노예 계약을 했기 때문이다. 게다가 네 작품을 미리 계약했기 때문에 작품 수를 채우기 전까지는 다른 출판사와 계약을 할 수도 없었다.

어차피 그녀가 소속되어 있는 출판사에서는 작품을 잘 만들어 출간해 봤자 돌아오는 이익이 거의 없었다.

결국 주화란은 극심한 스트레스로 나머지 세 작품을 다 엉망으로 출간한 다음 겨우 노예 계약에서 풀려나게 됐다.

이제부터는 자신이 원하는 글을 마음껏 써보자고 다짐하며 재기를 꿈꿨다.

그러나 주화란은 이미 심신이 너무 망가져 있었다.

마음이 아파서 병이 온 건지, 병이 와서 마음까지 시들어 버린 건지 알 수 없을 정도로 상태가 엉망이었다.

제대로 된 일을 구하기엔 글 쓰는 재주 외에 별게 없었다.

해서, 아르바이트를 전전하며 남는 시간에 어떻게든 재기를 꿈꾸며 글줄을 이어나갔다.

하지만 그녀의 마음대로 몸이 따라 주지 않았다.

하루하루 시간이 흘러감에 따라 그녀의 지병이 더욱 악화됐다.

그녀가 앓고 있는 병은 갑상선암이었다.

암이 악화될수록 조금만 움직여도 피로했고 기절하듯 쓰러지기 일쑤였다.

결국 주화란은 일을 그만두고 어떻게든 글로 돈을 벌어보려 애썼다.

그러던 와중 수중에 얼마 있지도 않았던 돈이 동났고, 영양실조로 졸도해 버렸던 것이다.

—상황이 그렇게 안 좋았으면 연락이라도 하지.

주로미의 핀잔에 주화란이 고개를 저었다.

—이러나저러나 민폐밖에 안 되니까.

—기사 안 봤으면 여태 어디서 뭐 하고 사는지도 몰랐을 거야.

—그걸 바랐는데 알아버렸네.

주로미는 주화란의 기사를 보고 기자에게 연락을 취해 그녀가 입원한 병원을 찾아갔다.

사실 기자가 타인에게 취재한 사람의 개인 정보를 알려줘서는 안 되는 일이다.

한데 주화란을 그대로 놓아두면 정말 죽겠다 싶어 어쩔 수 없이 말을 해줬던 것이다.

—결국 민폐 끼치게 됐잖아.

—민폐는 무슨…….

주로미의 부모님은 주화란의 사정을 알고 난 뒤, 그녀가 치료할 수 있도록 병원비를 부담해 주었다.

주로미의 집은 제법 형편이 넉넉했기에 그 정도의 지출은 감당할 만했다.

게다가 주로미의 아버지는 형제를 잃었는데 그 핏줄마저 잃기는 싫었다.

주로미는 주화란에게 앞으로 어떻게 할 거냐 물었다.

주화란은 한참 동안 고민하다가 사람 좋게 웃어버렸다. 그녀는 아무런 대답도 하지 않았다.

"음… 아무래도 다시 글 쓰고 싶어 하는 것 같은데."

선우동이 중얼거렸다.

"이사님이 보기에도 그렇지요? 참 아까운 사람이에요. 내 생각에 주화란 작가는 심리적인 불안감으로 인해서 제대로 된 글이 나오지 않는 것 같아요. 예전에 된통 당한 데다가 지금은 생활고에 시달리고 있으니 어디 마음이 편하겠어요? 안정적인 생활이 뒷받침되어 준다면 재기할 수 있을지도 모르겠지만, 어떨지."

텔레비전을 보는 김두찬 일행은 하나같이 입안이 썼다.

특히 주화란의 글을 읽으며 그녀의 천재성을 알아본 김두찬은 어떻게든 그녀가 재기했으면 하는 바람이었다.

그때였다.

김두찬의 눈앞에 새로운 퀘스트를 알리는 시스템 메시지가 나타났다.

[퀘스트 발동 – 이제 함께 일할 동료가 필요할 때. 끝까지 내 손을 잡고 걸어갈 사람 네 명의 신뢰도를 80 이상 얻어 사단을 만들도록 하세요.]

[김두찬 사단을 만들어라: 0/4]

[보너스 보상: 로나의 복귀]

'퀘스트다!'

주화란에 대해 안타깝게 생각하던 와중 퀘스트가 떴다.

퀘스트는 김두찬의 사단을 만들라는 것이었다.

게다가 이번엔 보너스 보상이 존재했는데, 바로 로나의 복귀였다.

'로나의 복귀라니.'

김두찬이 고개를 갸웃했다.

로나는 김두찬의 안정화를 위해 동면에 들어갔다.

인생 역전도 게임인 이상 클리어하는 순간 끝이 난다.

그럼 김두찬은 로나와 완전한 이별을 해야 한다.

물론 인생 역전과도 안녕이다.

그때가 되었을 때 김두찬이 버틸 수 있는 힘을 길러주려는 것이다.

그렇다면 로나의 복귀는 퀘스트 클리어의 보상이 아닌, 김두찬의 정신적 성숙이 이루어지는 것이 조건이어야 말이 된다.

'한데 어째서……?'

잠시 고민을 하던 김두찬의 눈동자가 깊이 가라앉았다.

'그거였어.'

인생 역전은 퀘스트를 통해 김두찬의 정신적 주춧돌이 되어줄 동료들을 만들어주려는 게 분명했다.

인생 역전의 퀘스트는 항상 김두찬의 삶을 발전시키는 데 도움이 되는 것들을 제시했다.

지금까지는 김두찬 자신의 발전과 관계된 퀘스트들이 제시되었다면, 이번에는 함께 성장할 수 있는 동료들을 얻는 쪽으로 업그레이드된 것이다.

동료들이라는 든든한 존재가 있다면 인생 역전이 끝나도 정신적 공허함에 시달리지 않을 테니까.

대체 언제쯤 로나가 깨어날지 몰라 안개 속을 걷고 있는 기분이었는데 그것을 시원한 바람이 전부 날려 버린 듯 상쾌했다.

'이런 퀘스트라면 얼마든지 환영이야, 로나.'

김두찬의 사단을 만들어라!

'내 사단… 나와 함께할 동료들.'

현재 김두찬은 작가로서의 길을 걷고 있다.

때문에 예술 계통의 직업을 가진 사람들을 끌어들여야 할 터.

'우선은 주화란을 잡으라는 거겠지.'

김두찬이 마침 텔레비전으로 주화란의 모습을 접하고 있을 때 퀘스트가 발동했다.

때문에 주화란과 퀘스트 사이에 아무런 연관이 없다고 보기는 어려웠다.

게다가 지금은 주화란과 김두찬 사이에 연결 고리가 생겼다.

바로 주로미였다.

'잘됐다.'

애초부터 김두찬은 주화란을 어떻게든 돕고 싶어 했다.

그녀의 재능을 이대로 썩히기엔 너무 아까웠기 때문이다.

주화란을 재기시켜 동료로 만들면서 퀘스트까지 해결하면 그야말로 1석 3조다.

"하하, 김 작가님. 다큐멘터리에 푹 빠지셨네요."

선우동의 말에 김두찬이 얼른 시선을 돌렸다.

"아, 죄송해요. 아는 사람이 나와서 그만."

"응? 아는 사람이라면 주화란 작가 말씀이세요?"

"아니요. 병문안 온 친척이요. 같은 과 친구거든요."

"아아! 그러십니까? 와, 이거 대단한 인연이네요!"

"그렇죠? 저도 놀랐어요."

김두찬과 주로미가 연이 있다는 사실이 민중식의 눈을 번쩍 뜨이도록 만들었다.

그가 술 한 잔을 홀짝 비우고서 다급히 말했다.

"김 작가님. 즐거운 술자리에서 이런 부탁 죄송하지만, 혹시 주화란 작가와 제가 만날 수 있도록 다리 역할 좀 해주시면 안 될까요?"

"주화란 작가를요? 음… 안 그래도 제가 주화란 작가에게 한번 만남을 제안했었어요. 환상서에서 제 글을 보고 메시지를 보내왔었거든요. 한데 보기 좋게 거절당했던 터라 확답은 드리기가 어렵겠네요."

"아, 그런 일이 있었군요. 허허."

잔뜩 기대를 했던 민중식이 너털웃음을 흘렸다.

"한데 저도 로미 통해서 재차 만남을 부탁할 참이었으니 일이 잘 풀린다면 말씀드릴게요. 사장님께서도 주화란 작가의 글이 탐나는 거죠?"

"탐이 안 날 수가 없죠. 계약 조건을 잘 잡아주고 계약금부터 두둑하게 넣어주면 분명히 예전의 페이스를 찾을 수 있을 거라고 확신해요."

"듣고 보니 그러네요. 김 작가님, 저도 부탁드리겠습니다! 혼자서 처리하시기 힘들면 같이 행동하겠습니다!"

선우동도 두 팔을 걷어붙였다.

그만큼 주화란이라는 작가가 처녀작에서 보여준 임팩트는 대단했던 것이다.

'기회다.'

김두찬은 상황이 자신에게 유리한 쪽으로 계속 흐르는 것 같은 느낌을 받았다.

'이것 역시 행운의 힘일까?'라는 생각이 들 정도였다.

"알겠습니다. 그럼 제가 한번 접촉해 볼게요."

"그렇게만 해주신다면 더할 나위 없이 감사드리죠! 허허허."

민중식이 기분 좋게 웃으며 김두찬의 빈 잔에 술을 채웠다.

"그리고 김 작가님. 오늘 연재하신 글 잘 읽었습니다."

민중식은 선우동의 잔에도 술을 채우며 정령신기에 대해 넌지시 말을 꺼냈다.

"그새 읽어보셨어요?"

김두찬은 민중식에게서 병을 넘겨받아 그의 잔에 술을 따랐다.

민중식이 두 손으로 예의 갖춰 술잔을 들고 고개를 끄덕였다.

"네. 영웅의 노래와는 또 다른 매력이 있더군요."

사실 민중식이 김두찬을 보자고 한 것의 진짜 목적은 이것이었다.

정령신기 역시 아띠 출판사와 함께할 것을 제안하려고 말이다.

"아직 다른 출판사와 깊이 얘기를 나누지 않은 상황이라면 이번에도 우리 출판사에게 기회를 주심이 어떠십니까?"

김두찬은 크게 고민 않고 대답했다.

"계약 조건만 전작과 똑같이 잡아주신다면 이 자리에서 도장 찍을 수 있어요."

호방한 그 한마디에 민중식과 선우동의 얼굴에 화색이 돌았다.

선우동은 기다렸다는 듯 서류 가방에서 계약서 2부를 꺼냈다.

“여, 여기 있습니다, 작가님!”

“하하, 이건 빨라도 너무 빠르네요.”

“아… 제가 너무 기뻐서 그만.”

선우동은 아이처럼 마음을 드러낸 것이 쑥스러워 머리를 긁적였다.

다른 데서는 프로페셔널한테 김두찬 앞에서만큼은 무장이 해제되는 기분이었다.

김두찬은 얼른 계약서에 도장을 찍고 이후부터는 술자리를 그저 즐기기로 했다.

그때쯤, 건너 테이블에서 열심히 부대찌개를 음미하고 평가하던 일단의 무리가 식당을 나갔다.

* * *

다음 날.

김두찬은 서로아가 보고 싶어 한다는 말에 오전부터 서둘러 움직였다.

김두찬 역시 서로아가 보고 싶었고, 좋은 소식을 전해줘야 했기 때문이다.

“로아야~! 오빠 왔다.”

“두찬 오빠!”

거실 바닥에 엎드려 스케치북에다 그림을 그리고 있던 서로아가 김두찬에게 와다다 달려와서 폭 안겼다.

그러고는 김두찬의 배에 얼굴을 마구 비벼댔다.

"오빠 왔다간 지 이틀밖에 안 지났는데 그렇게 보고 싶었어?"

"네! 헤헤."

"두찬 학생, 늘 미안해요. 로아 때문에 번거롭죠?"

조선호는 김두찬이 찾아와준 것이 반갑기도 하고 미안하기도 했다.

"전혀요. 저도 로아가 얼마나 보고 싶었는지 몰라요. 그리고 오늘은 로아에게 들려줄 좋은 소식도 있고요."

"좋은 소식?"

로아가 눈을 동그랗게 뜨고 고개를 갸웃거렸다.

그 모습이 귀여워 김두찬은 절로 로아의 머리를 쓰다듬었다.

"응. 로아야. 너, 아주 어린 나이에 동화 작가로 데뷔할 수 있을지도 모르겠다."

"동화 작가요……? 로아가요?"

서로아의 고사리 같은 손이 자기 얼굴을 가리켰다.

"응. 로아만 좋다고 하면 아주 큰 출판사 사장님이 오빠가 만든 이야기랑 로아가 그린 그림을 엮어서 동화책으로 내고 싶대."

"정말이에요?"

"그게 정말인가요, 두찬 학생?"

서로아와 조선호가 동시에 김두찬에게 물었다.

"네. 로아의 그림이 정말 좋다고 하셨어요. 어린아이가 직접 그린 그림으로 출간되는 동화책이라니, 정말 괜찮은 아이디어 아닌가요?"

"그렇긴 한데… 언감생심 엄두도 내지 못했던 일이라……."

조선호는 이게 꿈인지 생시인지 몰라 얼떨떨한 기분이었다.

반면 어린 서로아는 현실을 빠르게 받아들였다.

"응! 좋아요! 저, 동화책 출간하고 싶어요!"

"그래? 그럼 시간 내서 로아랑, 로아 할아버지랑, 오빠랑 같이 출판사 사장님을 한 번 만나야 하는데, 괜찮지?"

"네! 로아 그림을 책으로 만들어 주신다는 착한 사장님이 누군지 궁금해요! 헤헤헤."

로아는 그저 해맑게 웃었다.

김두찬이 흐뭇하게 로아를 바라보는데 퀘스트 메시지가 나타났다.

[서로아와 합작을 하게 됐습니다. 같은 분야에서 일을 하는 사람으로 사단 영입이 가능하나, 신뢰도가 80이 넘어야 합니다.]

'합작? 아… 이게 다른 사람을 내 사단으로 합류시킬 수 있는 조건이었던 건가?'

시스템 메시지는 계속해서 나타났다.

[서로아의 신뢰도가 80을 넘었습니다. 서로아를 김두찬 님의 사단으로 영입할 수 있습니다. 그녀를 사단으로 인정하시겠습니까? YES/NO]

서로아는 이미 김두찬에게 무한한 신뢰를 가지고 있었다.

때문에 이미 합작을 하기 전부터 신뢰도는 80을 훨씬 넘은 상황이었다.

'로아가 내 사단이 된다면… 앞으로 계속 같이 작업하며 어마어마하게 성장할 수 있을 거야.'

김두찬은 망설임 없이 YES를 선택했다.

그러자 서로아의 정수리에서 붉은빛이 흘러나와 김두찬의 몸 안으로 스며들었다.

그것은 상대방의 능력치를 얻을 때 흘러나오는 하얀빛과는 다른 성질의 에너지였다.

김두찬은 서로아와 본인 사이의 돈독하고 끊어질 수 없는 무언가가 만들어졌음을 느꼈다.

동시에 시스템 메시지가 다시 나타났다.

[서로아는 김두찬님의 사단이 되었습니다. 그녀는 절대로 김두찬 님을 배신하지 않을 겁니다.]

[김두찬 사단을 만들어라: 1/4—서로아]

[보너스 보상: 로나의 복귀]

Liking 63
사랑에도 정리가 필요해!

김두찬은 서로아와의 일을 출판사 측에 전했다.

그는 일이 이렇게 될 줄 알고 일전에 선우동을 만나 동화책 출간 작업에 들어가 달라 부탁했었다.

사실 계약서부터 작성하고 일을 진행하는 게 마땅하다.

하지만 이제 아띠 출판사와 김두찬 사이에는 단순한 계약 관계를 넘어선 신뢰 같은 것이 존재했다.

계약서는 김두찬과 서로아, 두 사람에게 아쉽지 않도록 알아서 작성해 가져올 터였다.

만약 그게 아니라면?

동화책 건으로 필요 이상의 이득을 취하려다가 김두찬을 영영 놓치게 되는 배드 엔딩만 남을 것이다.

바보가 아닌 이상 그런 독주를 자처해서 마실 일은 없었다.

선우동은 김두찬의 언질을 받은 그날 민중식에게 상황 보고를 하고 출간 허락을 받아냈다.

지금은 출간일을 8월 초로 잡고 열심히 작업에 들어간 상황이었다.

서로아와 함께 만나 계약서를 작성하는 건 출간 전에 어느 때고 시간을 맞춰보기로 했다.

서로아의 일을 해결한 김두찬은 잠실로 향하는 밴 안에서 주로미에게 전화를 걸었다.

그간 방학하고 난 이후에는 서로 오가는 연락 한번이 없었다.

의도한 건 아니었으나 간만에 연락을 취하려니 살짝 어색한 감이 없잖아 있었다.

벨이 몇 번 울리고 난 뒤, 주로미의 음성이 들려왔다.

—여보세요.

"로미야. 잘 지냈어?"

—응, 두찬아. 오래간만이네?

"그러게. 서로 연락이 너무 없었다."

—미안. 너무 바빠 보이니까 너한테는 연락하는 게 쉽지가

않아.

"아… 그랬구나. 근데 전화 통화 정도는 촬영할 때 아니면 언제든 괜찮아. 너무 어렵게 생각할 필요 없어."

그 말에 들려오는 주로미의 음성은 경직되어 있던 처음보다 살짝 풀려 있었다.

—여전히 누구한테든 친절하구나, 두찬이는.

"응? 내가… 그런가?

—그래도 가끔은 조심해야 돼. 그 외모에 친절하기까지 하면 여자들은 쉽게 오해할 수 있을지도…….

주로미는 본인의 이야기를 그 말 속에 살짝 숨겨서 전했다.

하지만 김두찬은 그런 주로미의 속내를 전혀 몰랐다.

"알았어, 로미야. 조언 고마워. 신경 써야겠다. 그나저나 요새는 뭐 하고 지냈어?"

—나 그냥…….

그때 옆에서 누군가의 음성이 끼어들었다.

—로미야, 두찬이?

—어? 응.

—오! 나 바꿔줘! 여보세요? 두찬아!

갑자기 들려온 굵직한 사내의 음성에 김두찬이 고개를 갸웃했다.

"누구세요?"

—누구세요? 서운하다. 나 근원이!

전화를 빼앗은 이는 연기과 홍근원이었다.

김두찬과 족구 시합을 하며 연을 맺었고, 무반주 버스킹 동영상을 탄생할 수 있게 해준 노는 삼촌 밴드의 리더이자 주로미를 짝사랑하고 있는 남자였다.

"아~ 반가워, 근원아!"

—이미 한발 늦었다, 자식아.

"로미랑 같이 있었어?"

—응. 밥 먹었어. 넌 어디야? 오늘 한가해? 그럼 여기로 와! 얼굴이나 보자.

"안 그래도 로미 만나러 가려는 길이었는데… 근데 내가 끼어도 되는 자리야?"

—끼어도 되는 자리 안 되는 자리가 어디 있어? 로미랑 둘이 있었으니까 그냥 와. 아니, 그전에 너야말로 로미랑 둘이 할 얘기 있는 거 아니야?

김두찬은 잠시 고민했다.

그렇게 무거운 얘기는 아니지만 그렇다고 가벼운 얘깃거리도 아니었다.

하지만 비밀스러울 건 또 없었다.

이미 그녀가 주화란의 친척이라는 건 방송을 통해 알려졌다.

무엇보다 김두찬이 오늘 주로미에게 전하러 가는 소식은 희소식이었다.

그녀의 혈연인 주화란에게 재기의 기회를 주기 위함이니 말이다.

짧은 생각을 마친 김두찬이 대답했다.

"알았어, 근원아. 어디로 갈까?"

—홍대 놀이터로 와~!

"그래. 금방 갈게."

*　　*　　*

홍대 놀이터에 도착한 김두찬은 홍근원을 어렵지 않게 찾을 수 있었다.

녀석은 혼자서 기타를 두들기며 뜬금없는 버스킹을 하는 중이었다.

마이크와 음향 장비가 하나도 없어서 환경이 열악했다.

그래도 워낙 보이스가 좋아 사람들이 제법 모여 있었다.

인파들 사이에는 주로미의 모습도 보였다.

많은 사람들 속에서도 단연 돋보이는 미모를 자랑하는 그녀였다.

김두찬이 주로미의 옆으로 가서 귓속말을 했다.

"로미야, 안녕."

홍근원의 노래에 푹 빠져 있던 주로미가 깜짝 놀라 옆을 돌아봤다.

"두찬아, 방금 왔어?"

"응. 근원이는 언제부터 시작한 거야?"

"지금 세 곡째야."

"그렇구나. 요새 자주 만나?"

"그렇게 자주는 아니고… 일주일에 한두 번. 만나서 밥 먹고 술도 마시고 그래."

"언제 그렇게 친해졌어? 아! 그러고 보니 축제 날 우리 과 주점에도 왔었지?"

"응."

"로미 보러 왔던 거구나."

"겸사겸사 왔을 거야."

주로미가 어색하게 웃으며 얼버무렸다.

"근데 나 왜 보자고 했어?"

"아, 그게 조금 민감한 문제일 수도 있는데… 음, 그냥 바로 얘기할게. 주화란 작가님이랑 만나보고 싶어서."

"화란 언니랑?"

주로미가 눈을 동그랗게 떴다.

그 눈동자 안에 놀라움과 실망이 동시에 자리했다.

오래간만에 연락이 왔는데 그 이유가 친척 언니에게 있었다는 것이 조금 마음을 아프게 만들었다.

하지만 주로미는 그런 마음을 애써 감췄다.

"언니는 왜?"

"우리 출판사 사장님께서 계약을 하고 싶어 하시거든."

"어머, 정말?"

"응."

생각지도 못했던 희소식에 주로미의 마음에 남아 있던 실망이 전부 사라졌다.

사실 주로미는 주화란의 앞날이 심히 걱정됐다.

당장 수술비야 주로미의 부모님이 마련해 줬다지만, 병이 낫고 나면 무얼 하며 먹고살아야 할지 막막했다.

주로미의 부모님은 당분간 자신들 집으로 들어와 같이 살자고 주화란에게 제안했다.

하지만 주화란은 거기까지 폐를 끼치고 싶지 않다며 완강히 거절했다.

어떻게든 자기 앞가림은 할 것이며, 수술비도 꼭 갚겠다고 말을 하는 주화란이 주로미는 물론이고 그녀의 부모님도 안타까웠다.

주화란이 괜한 자존심을 부리는 게 아니라, 정말 마음이 여리고 미안하기에 무리한다는 걸 알았기 때문이다.

주화란에게 가장 뛰어난 재능이라면 글 쓰는 것밖에 없었다.

하지만 지금처럼 많이 망가져 버린 상황에서는 선뜻 손을 내밀어주는 출판사가 없는 게 사실이었다.

그렇다 보니 이래저래 고민이 많았는데 먼저 계약을 원하는 출판사가 나타났으니 그것만큼 희소식이 또 없었다.

게다가 그 출판사가 김두찬의 책을 출판한 아띠가 아닌가?

아띠 출판사는 워낙에 유명한지라 책에 큰 관심이 없는 이들도 어지간하면 이름을 알고 있었다.

주로미는 주화란에게 이 기회를 꼭 잡도록 하고 싶었다.

"그런 거라면 얼마든지 다리 놓아줄 수 있어. 언제가 좋을까? 오늘?"

"오늘? 너무 갑자기 찾아가면 부담스러워하지 않을까?"

"지금 화란 언니가 그럴 입장은 아니라고 생각해."

주로미가 딱 잘라 말했다.

그에 김두찬은 자신이 주화란에게 도와주겠다는 쪽지를 보냈다가 거절당했던 일화를 얘기해 주었다.

"그런 일이 있었구나. 음… 하지만 그건 화란 언니가 자존심이 세서가 아니야. 원체 누구한테 폐 끼치기 싫어하는 성격이라 그런 거거든."

"그래?"

"응."

그렇다면 일이 조금 쉬워진다.

자존심이 강한 사람은 그걸 건드린다 싶은 부분에서는 대화 자체가 통하지를 않는다.

하지만 폐를 끼치는 게 싫어서 그런 거라면, 주화란이 아띠 출판사와 계약을 맺는 게 폐가 아니라는 걸 인지시켜 주면 그만이다.

"그럼 연락 좀 해줄래? 얘기가 빨리 되면 될수록 좋은 사안이거든."

"알았어."

주로미가 주화란에게 메시지를 보내려던 찰나였다.

짝짝짝짝짝!

세 번째 노래를 막 완곡한 홍근원에게 박수갈채가 쏟아졌다.

김두찬과 주로미의 시선이 절로 홍근원에게 향했다.

"감사합니다! 감사해요. 이제 마지막 곡 불러 드릴게요. 이 곡은 제가 어젯밤에 완성한 신곡인데, 사연이 아주 깊어요. 짝사랑하는 여자를 생각하면서 가사를 썼거든요."

홍근원이 쑥스러운 듯 하하 웃었고, 몇몇 사람들이 휘파람을 불었다.

"그런데 그 여자분이 여기 있습니다."

느닷없는 폭탄 선언에 사람들의 시선이 바쁘게 움직였다.

"누군지는 말씀드릴 수 없습니다만 가장 예쁘다는 것만 밝

혀둘게요."

'가장 예쁘다'라는 단서에 이리저리 방황하던 이들의 시선은 당장 주로미에게 집중되었다.

그 순간.

"어? 김두찬 작가다!"

누군가 그녀 옆에 서 있던 김두찬을 알아보고 소리쳤다.

"옆에는 방송에 나왔던 그 여자분 같은데? 주로미라는……."

"나 둘 다 알아. 김두찬 작가님은 모를 수가 없고, 저 여자분은 김두찬 작가님 찍던 진주 찾기에도 등장했었어. 얼마 전 주화란 작가님 다큐멘터리에도 나왔었고."

삽시간에 두 사람에게 화제가 집중되었다.

"자자, 집중해 주세요!"

홍근원이 그들의 시선을 다시 자신에게로 돌렸다.

"마지막 곡, 들려 드리겠습니다. 제목은 '사랑에도 정리가 필요해'입니다."

그가 집중이 분산되기 전에 빨리 마지막 곡을 불렀다.

기타의 선율은 아름다웠고 홍근원의 입에서 나오는 보이스는 감미로웠다.

가사 또한 본인의 심정을 담아서 그런지 절절하기 그지없었다.

김두찬은 그의 노래를 들으며 주로미에게 물었다.

"로미야. 근원이가 좋아한다는 여자가 여기 와 있대."

"으, 응."

"누굴까? 지금까지 너희 둘이서만 있었던 거 아냐? 좋아한다는 여자를 몰래 불렀을 리는 없……."

말을 하던 김두찬의 뇌리로 무언가가 스쳐 지나갔다.

그리고 그대로 굳었다.

주로미의 양 볼은 붉게 물들어 있었다.

그녀는 홍근원의 음악을 들으며 어찌할 바를 모르는 중이었다.

하지만 지금 이 상황이 그렇게 싫은 것 같지는 않았다.

적어도 김두찬이 보기에는 그랬다.

*　　*　　*

홍근원의 버스킹이 끝나고 세 사람은 근처 카페로 향했다.

셋은 원형 테이블에 둘러앉아 오고 가는 대화 없이 각자 시킨 음료수만 홀짝였다.

그들 사이에 뭔지 모를 어색함이 흘렀다.

"나, 잠깐 화장실 좀."

결국 주로미가 자리를 피했다.

그러자마자 홍근원이 김두찬에게 불쑥 말을 건넸다.

“두찬아.”

“응?”

“나 로미 좋아한다. 아까 그 노래도 로미 생각하면서 만든 노래야.”

“아, 그랬구나.”

김두찬은 모른 척 홍근원의 말을 받았다.

“내가 로미한테 마음을 전하고 싶은데 아주 큰 산이 하나 있다.”

“산이라니?”

“그 산이 너야.”

“어?”

“무슨 말 하는지 모르겠어?”

“난 잘…….”

김두찬이 머리를 긁적였다.

“주로미가 좋아하는 사람이 너라고. 네가 마음에 있어서 내가 비집고 들어갈 틈이 없다고.”

“…….”

김두찬은 돌처럼 굳어 아무런 말도 하지 못했다.

주로미와 친하게 지내던 때야 서로 좋아하는 것일지도 모르겠다는 생각이 약간은 있었다.

하지만 그 이상의 진전은 없었다.

이후 김두찬은 정미연과 사귀게 되었고 이후로는 주로미의 감정에 대해 자연스레 생각하지 않게 되었다.

"진짜 둔하다, 너도."

홍근원이 고개를 절레절레 내저었다.

"그랬구나."

김두찬은 이 상황에서 무슨 말을 해야 할지 몰랐다.

그가 꿀 먹은 벙어리처럼 멍하니 있으니 홍근원이 등을 세게 탁! 때렸다.

"윽! 아파."

"아프라고 때린 거다. 하도 얄미워서."

"음… 사과를 해야 하……."

"하지 마, 자식아! 더 비참해."

"응. 안 할게."

"아무튼 그건 그거고 나는 포기 안 할 거다, 로미. 오늘 네 앞에서 일부러 고백한 거야. 무엇이든 확실히 하고 싶어서."

"그랬구나."

그러고 보니 홍근원의 자작곡 제목은 '사랑에도 정리가 필요해'였다.

그 노래의 가사는 자신이 좋아하는 여자는 다른 남자를 좋아하고 그 남자에게는 이미 애인이 있어서, 이 사랑을 정리하고 싶다는 내용이었다.

딱 지금 김두찬과 주로미, 홍근원의 얘기였다.

이 상황을 곱씹는 김두찬에게 홍근원이 진지한 어투로 말했다.

"두찬아, 로미는 내가 데려갈게."

"어?"

"너에 대한 마음 정리도 내가 도와줄 거야. 넌 네 애인한테 집중해. 분명히 이 복잡한 관계 다 풀어지고 깨끗하게 정리될 거야. 정말 잘될 거야."

그는 스스로에게 다짐하듯 마지막 말을 곱씹었다.

그리고 이어지는 한마디에 전보다 더 힘을 주었다.

"나 진심이거든."

말을 해놓고서 너무 폼을 잡았던 게 무안해진 홍근원이 입을 크게 찢으며 익살스러운 미소를 지어 보였다.

『호감 받고 성공 더!』 7권에 계속…